돼지우리에 불을 지르고

돼지우리에 불을 지르고

지은이 전강산
펴낸이 임상진
펴낸곳 (주)넥서스

초판 1쇄 인쇄 2024년 11월 25일
초판 1쇄 발행 2024년 12월 5일

출판신고 1992년 4월 3일 제311-2002-2호
10880 경기도 파주시 지목로 5 (신촌동)
Tel (02)330-5500 Fax (02)330-5555

ISBN 979-11-6683-962-7 03810

저자와 출판사의 허락 없이 내용의 일부를
인용하거나 발췌하는 것을 금합니다.

가격은 뒤표지에 있습니다.

잘못 만들어진 책은 구입처에서 바꾸어 드립니다.

www.nexusbook.com
&(앤드)는 (주)넥서스의 문학 브랜드입니다.

돼지우리에
불을
지르고

전강산 장편소설

| 추천사 |

『돼지우리에 불을 지르고』는 뒤늦은 성장에 대한 특별한 고찰기이다. 삶을 가둔 테두리를 벗어나고 한계를 규정짓는 세계로부터 달아나려는 노력은 때로는 무모한 희망에 불과할지 모르지만 아무런 희망을 갖지 않는 것보다야 나을 것이다. 때로는 불길이 지나간 자리가 무성한 숲보다 선명하게 길을 보여 주는 법이니까. _**편혜영**(소설가)

현실과 이상, 삶과 예술. 이처럼 대립적이고 화해 불가능해 보이는 상황에서 끝까지 자기 자신이고자 애쓰는 영화 감독의 정직한 고뇌가 손에 잡힐 듯 투명하게 그려졌다. 타인의 눈에 비친 자신을 발견하면서 얻게 되는 서늘하고도 암시적인 깨달음은 조화와 소통에 대한 일방적이지도 단순하지도 않은 접근이어서 매력적이다. _**손홍규**(소설가)

바닷가 외진 양돈 축사에서 이루어지는 다큐 촬영은 그 자체로 친화와 갈등, 일과 사랑의 관계를 복합적으로 내장한 인생의 축소판과도 같다. 그곳에서 주인공이 함께 일하고 사랑하고 갈등해 온 이들은 마치 흥행영화와 다큐의 거리만큼 서로에게서 멀지만, 이 소설은 그 엄연한 간극을 좁혀 가면서 서로에게 다가가는 청춘들의 욕망과 허무를, 압해의 풍경과 적산가옥의 아슬한 공존처럼, 가장 입체적인 시선과 문장으로 보여 주고 있다.

_유성호(문학평론가, 한양대학교 국문과 교수)

차
례

돼지우리에 불을 지르고 · 9

작가의 말 · 178
작품해설 | 어느 젊은 창작자의 초상 _ **이다혜** · 182

일러두기
맞춤법은 국립국어원의 원칙을 따랐으나 뉘앙스를 살리기 위한 일부 표현은 그렇지 않을 수 있습니다.

─그래도 네가 성장하는 데에 도움이 될 거야.

건지 선배에게 연락이 온 건 4년 만이었다. 선배가 일하는 영상 프로덕션에서 한 달 동안 지방 촬영을 나갈 스태프를 구하는데, 일해 보지 않겠냐는 거였다. 나는 경추를 편안하게 해 준다는 목베개를 베고 침대가 아닌 바닥에 누워 있었다. 거북목 때문인지 목과 어깨, 날갯죽지에 통증을 항상 달고 살았지만, 요즘 들어 심해진 탓이었다. 끈적한 장판에 달라붙어 체온으로 따뜻해지는 바닥을 온몸으로 느끼는 중이었다. 선배의 이야기를 더 들어 보니, 촬영지는 남해안에 있는 압해군이고 숙식을 제공해 준다고 했다. 스마트 양돈 농장에 관한 다큐였는데, 청년 세대의 귀촌을 유도하기 위해서 지방자치단체가 제작 외주를 맡긴 프로젝트라고 했다. 그는 종편 채널을 통해 방영될 예정이니 어쨌든 이력에 도움이 될 거라고 강조했다. 방구석에서 글만 쓰면 자기 틀에 갇히게 돼, 필드에 나가 봐야 성장하는 거라니깐. 요즘 스마트폰은 어쩜 이렇게 통화 음질이 좋을까? 성장, 이라는 그의 말이 아주 청명하게 내 귀를 간지럽혔다. 자꾸만 조급해지는 기분이 들었다.

건지 선배라면 잘 알고 있었다. 그는 M단편영화제에서 나보다 3년 먼저 대상을 수상한 사람이었다. 학부생이 그 영화제에서 수상하는 건 우리 학교 영화과에서 처음 있는 일이었다. 그가 회장으로 있는 영상 제작 동아리뿐 아니라 영화과와 학교 차원에서도 플래카드를 걸어 축하했다. 08학번 김건지 대상 수상! 플래카드에 적힌 카피는 그를 반기는 인사말로 자주 쓰였다. 영상 제작 동아리 멤버라면 모두 그의 성대모사를 할 줄 알았다. 에이 정 없게 왜 그래. 팔꿈치를 상대편의 팔에 가볍게 비비며 얇은 목소리로 말하는 그의 말버릇이었다. 선배는 촬영 현장에서 누군가 1인분의 몫을 하지 못한다고 해서 타박하는 편이 아니었다. 오히려 자기가 그 사람의 몫까지 더 일하는 스타일이었다.

— 선배 이런 건 그냥 넘어가면 안 돼, 책임감 없는 짓 하지 말라고 제대로 조져 놔야지.

당시의 내 남자 친구인 진수가 주로 이런 말을 했고 선배는 역시, 에이 정 없게 왜 그래, 하고 답했다.

— 예술 하는 사람들은 동료 말고는 뭐 없어.

그는 자주 말했다. 다정하고 싶은 욕구를 참지 못하는, 동료를 좋아한다는 게 눈에 훤히 보이는 사람이었다. 그렇기에 그는 인기가 많았다. 큰 키에 흰 얼굴, 호리호리한 체형의 그는 꽤 잘생긴 편이었다. 심지어 영화제 수상자였으니 어느 학교 어느 과에나 한 명씩 있는 '레전드 선배'의 전형에 가까웠다. 교수님들의 사랑과 지망생들의 숭배를 한 몸에 받던 그는 수상 후 상업 영화 제작사와 미팅을 몇 차례 가졌다고 들었다. 하지만 졸업 후 한동안 소식이 없었고 상업 영화 현장에서 연출부 막내로 일한다더라 하는 소문이 돌았다. 그러다 1년이 지나자 곧 누구도 소식을 알 수 없는 사람이 됐다.

그가 영화판에서 행방불명된 이후에 내가 M단편영화제에서 수상했다. 우리 과에서 두 번째였고 여성 감독으로는 영화제 최초였다. 자기 작품으로 상업 영화 판에 데뷔할 거란 기대를 받던 그가 프로덕션에서 일한다니…… 내게 다큐 촬영 현장에서 일하지 않겠냐는 제안을 하다니……. 어쩐지 연민과 원망의 감정이 함께 들었다. 그렇게 잘나가던 선배도 어쩔 수 없구나 하는 마음과, 그래도 당신은 어떻게든 잘 버티고 해내서 우리한테 보여 줬어야지 하는 마음이 솟구쳤다. 엄청 친했던 것도 아닌데 그에게 이런 감정을 느끼는 게 스스로도 이해되지 않았지만, 그 또한 어쩔 수 없는 사실이었다.

 ‒ 괜히 입시 학원에서 강사 같은 거 하지 말고 현장에서 직접 뛰어 봐. 그게 훨씬 성장에 도움 돼.

 선배는 다정한 목소리로 말했다.

 ‒ 선배, 그런데 제가 요즘 제작사랑 트리트먼트 작업을 한창 하고 있는 중이에요.

 내가 머뭇거리며 대답하자 선배는 말을 더듬었다. 네가? 연출로 상업 영화 트리트먼트를 쓰고 있다고? 어디 제작사인데? 그는 따발총 쏘듯 물었다. 아직 지지부진한 상태라고 답하니까 그제야 안심하듯 숨을 몰아쉬었다.

 ‒ 계약금 들어오기 전까진 모르는 거야. 트리트먼트 작업하다가 팽 당하는 애들 이 바닥에 수두룩한 거 알지?

 대학 시절 익숙하게 들었던, 한 톤 올라간 목소리였다. 그는 한 달만 고생해서 돈 벌고 그 돈으로 시나리오 작업에 몰두하라고 이어서 말했다. 틀린 말은 아니었다. 그가 보내 준 공고에 적힌 급여는 250만 원이었다. 3개월은 거뜬히 지낼 수 있는 돈이었다. 오로지 내가 하고 싶은 일에만 몰두할 시간을 구매할 수 있었다. 어쩌면 트리트먼트 최종 수정을 마치고 제작사와 정식 계약을 맺을 수도 있겠지. 나는 하겠다고 답했다. 선배는 이력서와 포트폴리오를 메일로 전달해 달라고 했다. 공고를 꼼꼼히 살펴보니 점점 더 욕심이 났다. 숙식까지 제공해 준다니까……. 물론 주 52시간 근무가 지켜지지 않을 게 뻔하고, 추운 날에 이리저리 뛰며 메인 스태프들의 시다바리 짓이나 해야 될 것도 눈에 그려졌지만 말이다. 하지만 매월 청구되는 전세자금대출과 학자금대출의 이자를 감당할 잔고가 없어서 비상금대출을 받을까 고민하고 있던 나였다. 선택의 여지가 없잖아. 창작의 힘은 영감이 아니라 가난이란 걸 체화한 내가 아니던가. 눈 감고 한 달만 죽었다고 생각하자. 고민의 시간은 길지 않았다. 이력서와 포트폴리오를 급하게 만들었다. 학교에서 연출한 단편과 영화제에서 수상한 작품의 유튜브 링크를 달았다.

 메일을 보내고 바닥에 다시 누워 천장을 멍하니 바라봤다. 팔을 포개고 오른쪽으로 돌아누워 고개를 누이니 책장 맨 아래에 시나리오 종이 뭉치가 보였다. 저게 몇 번째 시나리오였더라. 새삼 방 곳곳에 놓인 시나리오 습작들이 한 번에 울어 젖히면 내 방은 금방 어항이 돼 버리겠구나 하는 생각이 들었다. 공모전에 떨어졌거나 제작 직전까지 갔거나 혹은 제작됐지만 편집되지 못한 시나리오들. 어차피 전부 실패작인데. 세상에 나오지 못할 이야기들인데.

 그 즈음 나는 영화제 수상자라는 약발이 다해 가고 있었다. 처음 영화제에서 수상했을 때만 해도 금방 상업 영화감독으로 데뷔할 수 있을 거라 기대했다. 내 수상작의 심사평 중에는 '타인의 삶을 들여다보지 않는 방식으로 들여다보다가 결국엔 나를 들여다보는 신선함'이라는 평이 있었다. 역시 언제나 창작자의 의도보다 뛰어난 비평이 있기 마련이었다. 그런 거창한 의도를 가지고 만든 건 아니었지만, 내 작품이 어떤 시선을 이끌어 냈다는 게 기뻤다. 질리도록 재생산되는 뻔한 영화가 아니라, 작품성과 대중성을 전부 잡는 영화감독이 될 거라는 기대를 스스로에게 거는 날들이었다. 하지만 수상 후 연락받은 여러 영화 제작사와의 미팅은 항상 파국이었다. 써 가는 시놉시스마다 줄줄이 퇴짜를 맞았고 마지막까지 함께 트리트먼트를 수정해 오던 제작사에게도 반려 통보를 받은 상태였다. 제작사 사무실에서 담당자가 건조하게 말했던 그 말은 내 가슴을 돌아다니며 괴롭히고 있었다. 기 감독님 윗선에서 내년 2월까지 와꾸가 안 짜지면 계약이 힘들다고 하셔요. 사회적인 얼굴로 안타까운 척 말하는 담당자의 목소리보다, 우우웅 하는 사무실의 히터 소리가 더 괴롭게 느껴졌다. 나는 그가 말하는 윗선이라는 말에 가슴이 쪼그라드는 기분이었다. 하지만 온갖 얼굴 근육을 펼치며 실망시키지 않겠습니다, 라고 웃으며 답했다. 그날의 일은 쥐가 난 발이 되어서 나를 한 발짝도 걸을 수 없게 했다.

　메일을 송부한 지 얼마 지나지 않아 선배에게 메시지가 왔다. 대표님이 형식적으로 면접을 보자고 했다면서, 내일 시간이 되냐는 거였다. 사무적이지만 그렇다고 차갑지도 않은 무드의 문장이었다. 좋은 기회 주서서 감사해요……로 시작하는 문장으로 답장한 후 인스타그램을 켰다. 진수의 스토리가 올라와 있었다. 새 여자 친구로 보이는 이와 함께 팔짱을 낀 사진이었다. 나와 헤어지고 내 자취방에서 나간 지 한 달밖에 안 됐으면서 벌써 다른 여자를 사귀 다니……. 배신감이 들었지만 이미 그러한 잣대를 들이밀 수 없는 사이였다. 지난 9년간 진수는 나의 남자 친구이자 최고의 동료였 다. 우린 서로의 시나리오를 진심으로 신랄하게 해체하고 조립했 다. 서로의 작업물 연출과 편집 또한 밤을 지새며 도왔다. 물론 그 간 수차례 이별과 재회를 반복했는데, 서로를 괴롭히는 건 각자가 외면하고 있는 스스로의 변덕이라는 걸 어지간해서는 눈치챌 수 밖에 없었다. 신발끈을 꽉 묶을수록 오히려 일찍 닳아서 결국 끊어 지게 되듯이 우리의 연애도, 동지애도 끊어지는 것이 당연했다.

 진수의 그녀는 긴 생머리에 진한 쌍꺼풀, 하얀 피부를 가져 순 두부 같은 인상을 풍겼다. 네 컷짜리 사진을 뽑아 주는 기계 앞에 서 행복한 듯 얼굴을 맞대고 있는 그들의 모습 위에 계정 하나가 태그되어 있었다. 홀리기라도 한 듯 해당 계정을 터치했다. 진수의 그녀는 굴지의 화장품 회사 차장이었다. 게시물엔 으리으리한 사 옥 곳곳에서 찍은 사진들이 많았고 댓글엔 그녀의 미모를 칭찬하 는 글이 가득했다. 감추고 싶은 것도 없는 건지 자신을 전시하는 그녀에게 괜한 분노가 일었다. 조회 기록이 남는다는 걸 알면서도 계속 그녀의 스토리를 염탐했다. 대부분 오마카세나 호캉스 같은 사진들이었다. 역시 진수의 계정이 꼭 태그되어 있었다. 나와 함께 살 땐 냉동 스테이크를 구워 먹어도 좋아했던 진수였다. 어떻게든 영화판에서 살아남겠다던 진수였다. 하지만 나와 동거하던 1년 동안 그는 입시 학원 강사로 진로를 틀었고, 나와 헤어지고 나서는 오마카세를 먹고 호캉스를 즐기는 사람이 됐다. 생계 걱정 따위 없이 사랑을 이어 나갈 수 있어 보였다. 게다가 안정적인 경제력을 가진 사람과 어떤 것을 누린다고 생각하니 심사가 뒤틀렸다. 질투심과 우울함, 열패감이 뒤섞여 불타오르는 기분이었다.

헤어진 마당에 이게 다 무슨 소용이야. 나는 휴대폰을 침대에 던지고는 부엌에 가 라면 물을 올리려 가스레인지 불을 켰다. 빨갛고 파란 불꽃들. 열기가 훈훈하게 내 원룸 한편을 데웠다. 나보다 앞서서 험한 길을 걸어간 사람들이 결국 어떠한 타협을 통해 길에서 사라진 꼴을 보면, 항상 허기진 기분이었다. 그럴 때면 물리적으로 든든해지고 나서야 잠을 청할 수 있었다. 라면을 다 먹고 대충 싱크대에 놔둔 후 불을 끄고 침대에 누웠다. 공허한 말을 주문처럼 외웠다. 난 선배처럼 되지 않을 거야. 나는 아주 잠시 생업 전선에 뛰어든 것뿐이야. 말하자면 도약을 위해 잠시 수그리는 거지. 잠시만 순진해지자. 어쩌면 나조차도 모를 기회가 있을 거야. 분명히 난 성장할 수 있을 거야. 끝에 가서는 그런 생각도 했다. 공기 좋은 시골에 가서 한 달 동안 트리트먼트를 꼭 성장시켜서 오자고. 활용할 만한 소스들, 나도 모를 영감을 얻고 틈틈이 손봐서 제대로 만들어서 오자고. 어떻게든 내 성장의 기회로 쓰자고. 하지만 이런 생각들은 불면의 질료가 돼 수면을 앗아가 버렸다. 새벽이 됐는데도 잠에 들지 못했다. 마침 충전기를 연결해 놓은 노트북이 스스로 절전모드를 깨고 화면에 불을 켰다. 어두운 방에 저 빛 한 웅큼. 그래, 계속 쓰라는 거지? 에너지를 아끼지 말라는 거지? 그럼에도 해야 한다는 거지? 나는 바닥에서 일어나 몸을 이끌고 노트북 앞에 섰다. 고민하면서 보내는 시간도 아깝다. 트리트먼트 파일을 켜고 문장을 지우고 고치고 썼다.

*

날씨가 온갖 물감을 팔레트에 섞은 것처럼 무채색으로 흐렸다. 프로덕션 사무실까지 버스로 한 번에 갈 수 있었지만 밀릴 게 뻔했기에, 지하철로 두 번 환승해 역삼역으로 갔다. 프로덕션 사무실에 가기 위해서는 역에서 대로변 반대편으로 3분 동안 걸은 후 골목 쪽으로 10분을 더 걸어야 했다. 한참을 걸으니 낡은 4층짜리 건물이 나왔다. 건물 현관 앞 한쪽에 비둘기 한 마리가 붉은 눈을 뜬 채 죽어 있었다. 사무실은 지하에 있었다. 외관과 달리 지하는 갓

가지 비싼 촬영 기기와 컴퓨터가 가득했다. 스튜디오가 설치된 방에서는 촬영이 진행되고 있었다. 파티션 너머로 헤드폰을 낀 채 편집을 하고 있는 직원들은 어딘가 권태로운 표정이었지만, 마우스와 키보드를 빠르게 움직이고 있었다. 전부 젊은 남자들이었다. 여자는 빼빼 마른 체형에 단발머리 스타일의 키 작은 사람 한 명뿐이었다. 그녀는 구석에서 촬영 기기를 정리하고 있었다. 이내 나는 뜨거운 돌이라도 삼킨 듯 가슴에 열이 올랐다. 카메라와 조명, 음향기기를 만지며 스튜디오에서 촬영을 하는 사람들과 후반 작업에 열을 올리는 사람들을 보고 있자니, 나도 영상 예술을 하는—혹은 할 수 있는—사람이라는 자부심이 솟아 버린 것이다. 나는 곧 죽어도 영화야. 투지가 타오르는 찰나 대표실에서 한 남자가 나왔다. 그는 통유리로 된 넓은 대표실에서 싱싱한 에너지를 풍기며 다가왔다. 마른 체형이었다. 나이는 마흔 즈음? 많아 봤자 둘이나 셋?

- 혹시 오늘 면접 보기로 한 나연 씨? 건지 후배 맞죠?

그는 장난기 가득한 얼굴이었는데 단번에 나를 알아봤다. 긴장이 됐는지 찌릿한 통증이 목에서부터 날갯죽지까지 빠르게 지나갔다. 그는 다시 대표실로 들어가 서류 몇 장을 들고 나와 빈 회의실로 나를 데려갔다. 자리에 앉아 날 보며 환하게 웃는 그의 얼굴은 권태에 찌들어 본 적이라고는 없어 보였다. 그는 자신을 대표라 소개했다. 원래는 잘 출근하지 않는데 선배의 후배라기에 얼굴 보려고 출근했다고 말했다.

― 요즘은 숏컷이 유행인가앙?

그는 자기네 회사에도 여직원이 한 명 있는데 헤어스타일이 숏컷이라며, 요즘엔 그게 멋이냐는 말을 했다. 편하잖아요. 사회적인 얼굴로 답하니 대표는 하긴 짧은 게 편하긴 하지잉, 하며 관심 없다는 듯 답했다. 대표는 말끝에 이응을 붙여 발음하는 버릇이 있었다. 초반에는 이상하게 들렸지만, 덕분에 서술어가 늘어져 그가 하는 말에 집중하게 되는 효과가 났다. 그는 내게 몇 살이냐고 물었다. 1994년생이라고 하니까 결혼 계획은 없냐고 물었다. 내가 사람 많이 써 봤는데 꽉 찬 나이의 여자는 갑자기 결혼하고 애 가져서 퇴사하는 경우가 많았거드응. 그의 목소리가 다시 한번 늘어졌다. 그럴 일 없을 거예요. 같잖은 소리를 능숙하게 넘기는 것에 도가 텄던 나는 의식적으로 광대 근육을 열며 웃었다.

― 하긴, 생각해 보니 한 달짜리 프리랜서 계약이니까 신경 쓸 필요 없겠구나앙.

그는 근로계약서를 꺼내며 자기가 여자는 잘 안 쓰는데, 선배가 추천해서 믿고 가는 거라고 덧붙였다. 원래 영상판에서 여자가 살아남기는 힘들자나앙. 살아남은 사람이 강한 거죠, 나는 계약서에 적힌 사항들을 확인하며 의식적인 리액션을 했다. 그러고는 서명

란에 사인하기 전에 물었다.

 ─ 촬영 장소가 읍해면, 숙소는 어떻게 지원되나요?

 선배가 일러 준 촬영 장소인 양돈 농장은 전국에서도 손꼽히는 규모였지만, 인적이 없는 구석에 위치해 있었다. 지도 어플로 검색해 봐도 읍내와는 차로 20분이나 걸리는 거리였으니 숙소가 무엇보다 중요했다. 싸구려 민박집이거나 이제 와서 급여를 조금 떼서 더 나은 숙소로 잡아 주겠다고 하면 거절할 생각이었다. 아무리 한 달짜리 프리랜서 계약이라지만, 얄팍한 술수에 순진하게 당할 내가 아니니까.

 ─ 우리 집에서 지내면 돼. 2층짜리 주택인데 넓어. 한 달 정도는 직원들을 위해 빌려줄 수 있지잉.

 소규모 촬영이라고 해도 스태프가 최소 다섯 명은 될 텐데, 그 인원이 지낼 수 있을 정도로 집이 크다고? 하지만 그가 휴대폰으로 보여 준 그 집은 충분히 그래 보이는 크기였다. 가파르게 얹혀 있는 일본식 기와 아래에 세로로 긴 유리창이 가득 낀 주택이었다. 곳곳에 기둥이 서 있는 게 고풍스러운 분위기를 뿜어내 이국적이었다. 으리으리하게 2층까지 솟은 풍채는 개화기 시대 영화 세트장 같기도 했다. 그를 품고 있는 넓은 정원은 조경에 무척이나 공들였음을 알 수 있었다. 그는 바쁘게 사진을 넘기며 집의 내부를 보여 줬다. 1층엔 복도가 길게 뻗어 있었고 오른쪽엔 다다미로 이뤄진 방들이, 왼쪽은 큰 응접실이 부엌과 붙어 있었다. 2층은 작지도 크지도 않은 창문이 달린 다락방이었는데 꽤 넉넉해 보였다.

─농장주가 내 남동생이에요옹. 아버지 돌아가실 때 나는 이 집을 받고 걔는 축사를 받았거든. 지금은 걔가 이 집에 혼자 살고 있고.

대표는 양돈 농장은 방송에 나와 봤자 도움되는 것도 없다고, 동생 설득하느라 여간 힘든 게 아니었다며 거들먹거렸다. 이런 스타일의 집은 처음 봤어요, 내가 말했다.

─그럼엄. 이게 우리나라에서 제일가는 적산가옥일걸?

적산가옥이라니. 처음 들어 보는 말이었지만 대충 아는 척하며 집의 화려함을 칭찬하자 그는 입을 찢으며 웃었다. 기분이 좋아졌는지 나의 이력서와 포트폴리오를 다 읽었다며, 어쩜 이렇게 바쁘고 치열하게 살았느냐 물었다. 나는 얼른 답했다.

─대학 때부터 영상판에서 일하고 싶어 최대한 많은 걸 했어요. 시나리오 쓰는 건 물론이고 촬영이랑 오디오 녹음부터 편집까지 다 배웠습니다. 작년 영화제에서 수상한 작품도, 보조 촬영 말고는 제가 했어요. 디렉팅부터 촬영, 조명, 녹음부터 후반 편집까지 전부요.

말을 쏟아 내고 나니, 제대로 할 줄 아는 거 없이 넓고 얕게 안다고 고백하는 거 같아 스스로가 좀 한심해졌다. 하지만 대표는 맘에 들었던지 흰 치아를 보이며 웃었다.

―어쩐지 이력서 출력하는 데 한참 걸리더라고. 한 시간 전에 뽑았는데 지금도 나오는 중인 거 같던데엥?

그는 주먹으로 테이블을 치면서 껄껄대고 웃었다. 그러고는 단편영화 같은 거 잘 보지 않지만 영화제 수상자니까 일 잘할 거 같다고 말했다. 나는 그가 사용한 '같은'이라는 형용사의 활용에, 갑자기 우울해지는 기분을 도무지 참을 수 없었다.

―그런데 영화 하다가 상업 다큐 할 수 있겠어요? 영화 할 때까지 돈만 벌려고 왔다가 도망간 사람들 많이 봤어엉. 예술 하는 사람들은 이런 거 못 견디더라고.

그는 전에 있던 직원들이 각자 핑계를 대고 전부 퇴사했다고 말했다. 변명은 그럴듯해도 그 속내 모르는 거 아니거든. 그는 계속 예술 하는 애들이 상업 영상 일을 못 버티더라면서 비아냥거렸다.

―제가 영화에만 목맬 거면 촬영이랑 녹음, 조명에 편집까지 다 배웠겠어요? 저 영화로 안 풀리면 영상판에서 일하려고 플랜 B 짠 거예요. 저 순진한 애로 보지 마세요.

내가 눈을 부릅뜨고 말하자 대표는 만족스러운 듯 웃었다. 그렇게 서로 적당한 웃음을 보이며 근로계약서에 사인했다. 회의실을 나오자 구석에서 촬영 기기를 정리하던 키 작은 여직원은 어디 갔는지 보이지 않았다. 선배와 인사라도 하고 가려고 했는데, 대표는 그가 스튜디오 안에서 촬영 중이라며 끝나려면 꽤 걸릴 거라고 했다. 그러고는 당장 다음 주부터 촬영이니 곧 일정을 전달해 주겠다고 했다. 무언가 짜릿한 기분이 들었다. 인정받았다는 느낌. 이 성취감. 여기부터 차근차근해 나가면 뭐든지 해낼 수 있을 거야.

  사무실을 나오자 신선한 공기가 폐 곳곳을 적셨다. 동시에 목에서 시작된 찌릿한 고통을 느꼈다. 뻐근한 양 날갯죽지를 주먹으로 두드렸다. 촬영에 나가기 전에 고통을 잡아야 할 거 같아 휴대폰으로 집 근처 신경외과 병원을 검색했다. 지하철역 입구로 들어가는데 얼음장 같은 바람이 아래에서 불어왔다. 11월 말답지 않은 냉기였다. 피부에 소름이 돋았다. 키 큰 젊은 여자가 나를 지나쳐 갔다. 나는 그 사람을 붙잡고 아무 말이나 하고 싶은 기분이었다. 저 영화 하는 사람인데 잠깐 생업으로 일하러 가는 거거든요. 진짜로요. 도망가는 거 아니고요. 나는 기어코 낯선 사람 앞에서도 온갖 연기를 할 수 있는 사람이 됐어요.

  — 만성적으로 뼈가 자라는 사람이 있어요. 그럼 그 뼈가 신경을 눌러서 칼로 찌르는 듯한 고통을 일으키죠.

  집 근처 신경외과에서 엑스레이를 찍었다. 의사는 후종인대가 자라서 신경을 누르는 게 목디스크인데, 나는 인대가 석회화된 상태여서 더 심각하다고 했다.

  — 통증이 심했을 텐데 왜 이제 왔어요. 많이 참았겠네.

목에서 시작해 날갯죽지와 손목까지 퍼졌던 통증의 이유는 그 때문이었다. 만성적으로 뼈가 자라는 사람……. 말이 참 재밌다고 생각했다. 자랄 게 없어서 뼈가 자라나. 의사는 신경 주사를 꾸준히 맞아서 뼈를 녹여야 한다고 했다. 염증을 줄여 줄 물리치료도 함께 처방했다. 여섯 대의 신경 주사를 맞았다. 주삿바늘이 목을 뚫고 들어올 땐 뻐근함이 감돌았다. 충격파를 쏴 주는 물리치료사도 말했다. 또래보다 근육에 염증이 훨씬 많으세요. 충격파를 끝내고 나서는 아쿠아 마사지를 받았다. 부드러운 물줄기가 온몸을 두드리니 물 위를 떠다니듯 편안했다.

기나연 님, 다음 주 예약은 언제로 잡아 드릴까요? 수납처 직원의 말에 한 달 동안은 출장을 나가서 올 수 없다고 답했다. 그럼 한 달 뒤로 잡아 드려요? 직원은 별 대수롭지 않다는 듯 말했다. 수납처에서 22만 원을 결제하고 엄마에게 전화를 했다. 엄마, 나 실비 보험 그게 얼마까지 보장되는 거였지?

*

압해로 내려가기 전날, 진수와 만났다. 내 방에 두고 간 그의 시나리오집을 전달할 겸 얼굴이나 한번 보는 자리였다. 카페에서 봐도 될 것을 굳이 소줏집에서 만난 건, 나 없이 얼마나 잘 사는지 보고 싶어서였다. 진수는 자리에 앉자마자 내일 출근을 해야 하니 많이 마실 수 없다고 했다. 누가 예전처럼 폭음을 하자고 했나……. 알겠다고 말하고 나서 어묵탕과 소주를 시켰다. 숙취로 고생하지 않을 만큼만, 내일 출근에 지장이 없을 만큼만 마시자고 말하는 건 깊어지는 우리의 팔자주름처럼 나이 듦을 의미하기도 했다. 만나면 분명히 할 말이 많을 거 같았는데……. 직장 생활은 어떤지, 새로운 애인과는 싸우지 않는지 물으면서 남아 있는 잔정을 털어 낼 수 있을 거 같았다. 하지만 입은 뜻대로 움직이지 않았고 서로 침묵을 안주 삼아 소주만 마셔 댔다.

- 그래서 시나리오는 잘 쓰고 있어?

진수는 침묵이 질렸는지 먼저 입을 뗐다. 어떠한 의도 없이 무심코 물었다는 걸 알면서도 감정이 일렁였다. 열등감과 피해의식의 스위치가 켜진 것만 같았다. 어떻게 해야 모양새가 덜 처량할지 고민하는 사이 술집이 조용해졌다. 스무 살쯤으로 보이는 대여섯이 모인 건너편 테이블의 대화가 끊긴 것이다. 어쩜 타이밍도 거지 같지, 술집에 있는 모두가 나의 대답을 기다리는 것처럼 느껴졌다. 나는 한숨을 쉬며 소주를 내 잔에 따랐다. 내가 따라 줄게, 진수는 손을 뻗었지만 병을 그에게 넘기고 싶지 않았다. 살얼음이 잔뜩 낀 소주가 잔 안에서 빙글빙글 돌았다. 소용돌이가 고요한 움직임을 멈출 즈음 잔을 쥔 손이 조금씩 아려 왔다. 언젠가 냉점이 어느 수

준을 넘어가면 통점으로 바뀐다고 들은 거 같은데…….

— 그래도 넌 하고 싶은 거 해. 너 영화에 재능 있어.

진수는 자기 잔에 술을 따르며 말했다. 나는 재능 없는 건 애저녁에 깨달았다고, 세상에 나 같은 영화인 한 명 없다고 그 어떤 일도 안 생긴다고 답했다. 나의 말에 진수는 고개를 저었다. 내가 널 얼마나 질투했는데, 넌 분명 너만의 장점이 있어. 네 영화는 너밖에 못 만들 거야. 그의 말을 듣자, 전기라도 흘려 놓은 듯 저릿한 느낌이 뒷목부터 날갯죽지까지 이어졌다. 물을 따르다 그만 실수로 소주병을 쳐 버렸다. 넘어진 술병에서 술이 울컥 쏟아져 테이블을 따라 바닥으로 흘렀다. 남몰래 가지고 있던 어떤 기대가 같이 흘러 버리는 기분이었다.

— 난 영화 입시 강사가 딱 어울리는 거 같아. 솔직히 특출한 재능도 아니었고. 너처럼 상을 받은 것도 아니고. 이따금씩 누군가한테 칭찬받는데도, 그냥 그뿐이잖아. 영화는 너 같은 애가 해야 돼.

그는 술병을 세우고 휴지로 테이블을 닦으며 말했다. 나는 그의 말이 곧이곧대로 들리지 않고, 중간 정도의 재능을 가진 나를 타격하는 것처럼 들렸다. 왜 영화 같은 걸 좋아하는 꿈을 가지고 태어났나, 몇 번이고 스스로를 저주하고 있는 나였다. 척박한 곳에서 싹을 틔울 수 없다는 걸 알면서도 나는 왜 이걸 고집하나, 그런데 왜 아무도 날 도와주지 않나, 왜 방해하기만 하나, 몇 번이고 온 세상을 타도하는 나였다. 그런 나를 아는지 모르는지 계속하라고 말하는 진수가 사무치도록 미웠다. 저런 말도 고정적인 벌이가 있으니까 할 수 있는 거지. 게다가 벌써 번듯한 직장을 가진 애인과 사귀고 있으면서. 나는 아직도 날카로운 외로움이 다가오면 영화 쓰기로 도망치고, 서슬 퍼런 무기력에 빠지면 영화 보기로 도망치기에 바쁜데.

―그래. 참 좋겠지?

진수가 날 내려다보고 있다는 생각이 들었다. 10만 원도 없어서 쪼들리는 내 생활을 뻔히 알면서, 내 꿈을 응원하는 모습이 위선이라고 생각했다. 술도 올랐겠다 이제는 내가 반격할 차례였다. 그래서 너 지금 애인이랑 행복하니? 돈 좀 많아 보이던데 나랑 사귈 때보다 훨씬 낫던? 이런 말을 시작으로 대화는 유치하게 전개됐다. 이별의 탓을 그에게 돌리며 힐난했다. 사실 내 안의 열등감을 내던지듯 표출한 것에 가까웠다. 가난한 영화 지망생이었다가 안정적인 직장인이 되니까 어때, 내가 좀 한심스러워 보여? 월급쟁이 신분끼리 만나니까 안정감이 이루 말할 수 없지?

―여전히 아니야. 너랑 같이 살았을 때도, 지금도.

그는 짧은 머리를 손빗으로 매만지며 말했다. 속에 담아 놓은 이야기를 할 때 나오는 진수의 버릇이었다. 9년을 사귀었던 내가 못 알아챌 리 없지. 난 미제사건의 실마리라도 알아낸 듯한 짜릿함을 느꼈다. 아, 얘 외롭구나. 사실 외롭구나. 꿈꾸던 영화도, 같은 길을 걸으며 사랑하던 나도 잃어서 지금 외로워하는구나. 다행이라고 생각했다. 그가 외롭다는 사실이 폭발적인 안도감을 줬다. 더 적확하게는 기뻤다. 외로움이 공평하다는 것이 기뻤다. 진수가 외롭다는 사실이, 나만 그런 게 아니라 쟤도 그렇다는 게. 우리가 동거하며 영화를 쓰려고 했던 그날들의 생명력이 여전히 유효한 것처럼 느껴졌다.

—그래도 넌 계속 영화 해. 네가 하고 싶은 거 해. 나처럼 살려고 돈 벌지 말고.

촉촉한 그의 목소리를 끝으로 기억은 흐릿해졌다. 우린 눅눅한 술집의 가습기 공기에 조금씩 파묻혀 갔겠지.

다음 날 같은 침대에서 일어났을 땐 놀라움보다 욕구가 차올랐다. 내 옆에서 잠든 그의 얼굴을 유심히 봤다. 눈꺼풀에 붙은 속눈썹부터 각진 선을 타고 내려오는 코, 인중부터 입술까지. 이제 가질 수 없다는 걸 알면서도 가지고 싶었다. 놓아주고 싶지 않았다. 사실은 말야…… 우리 여전하지? 그의 입술을 만져 보는데 더운 입김이 솟아올라 손가락을 습하게 적셨다. 손가락에서 돋아난 무수한 감각이 금세 허벅지까지 타고 내려와 정신을 차릴 수 없게 했다. 난 무릎을 맞대고 그의 목을 긁어도 보고 손을 잡아 보고 몸 곳곳을 쓰다듬고 주물렀다. 그러다 참지 못하고 속옷 안으로 손을 넣었을 땐…… 그가 내 손을 잡아 꺼냈다. 끝이었다. 그것이 나의 욕구에 대한 그의 대답이었다. 그걸로 된 거지. 여전하지 않은 거지. 우리라는 1인칭 복수형은 더 이상 어울리지 않는 거지. 내가 감히 무엇을 가지려고 했을까?

  그 길로 짐을 챙겨 진수의 집을 나왔다. 지하철역까지 걸어가는데 이파리가 아주 큰 낙엽이 내 앞으로 실바람에 굴러가고 있었다. 서걱서걱하는 소리를 내면서. 휴대폰에 알람이 울렸다. 건지 선배에게 온 문자였다. 첫 촬영 콜타임과 집결 장소였다. 한 달만 열심히 일하고 3개월 동안 영화만 쓸 거야. 절대로 시시한 사람이 되지도, 시시한 작품을 쓰지도 않을 거야. 비겁하게 타협하지 않을 거야. 나도 모르게 무언가 불끈 솟아올랐다. 시선을 휴대폰에서 거두니 낙엽이 지하철 출입구 아래로 떨어지고 있었다.

*

  11월 26일 새벽 2시. 첫 촬영의 콜타임이었다. 택시를 타고 사무실 앞에 도착해 어색하게 촬영팀과 인사를 나눴다. 선배는 대학 시절보다 많이 늙어 있었다. 희었던 피부는 푸석했고 얼굴과 배에 살이 꽤 붙어서 잘생겼다고 말해 주기가 어려웠다.

  ─M단편영화제 아시죠? 기 감독은 거기서 수상한 몇 안 되는

여성 감독이에요. 아마 최초인가?

그는 나를 스태프들에게 소개했다. 오랜만이에요옹, 두 겹의 쌍꺼풀이 눈두덩이에 오른 대표는 자신의 울대뼈를 만지며 말했다. 역시나 이응 자를 끝에 붙여 발음하는 그는 피곤한 표정으로 조수석에 올라탔다. 스태프는 대표를 제외하고 다섯이었다. 촬영감독과 음향감독이 차례로 악수를 건넸다. 선배는 막내라면서 유리 씨를 소개했다. 막내 조연출이라고 자신을 소개한 유리 씨는 빼빼 마른 체형으로 어딘가 낯익어 보였다. 면접 날에 구석에서 촬영 기기를 정리하던 사람이었다. 반가워요 언니, 유리 씨는 환하게 웃었다. 처음 보는 사이에 언니라고 말하는 게 어쩐지 불편하지 않았다. 그건 아마 가녀린 턱선이나 체형과 다르게 목소리와 걸음걸이에서 느껴지는 씩씩함이 싱그러웠기 때문일 것이었다. 그녀는 내가 혹시 모를까 봐 걱정됐는지 어떤 기기는 어떤 케이스에 담아서 어떻게 옮겨야 하는지 친절히 설명해 줬다. 이건 무거우니까 같이 들어요 언니. 이건 와이어리스인데요, 혹시 쓸데가 생길까 봐 챙겨 왔어요. 그녀를 보고 나는, 다정하지 않고서는 못 배기는, 사람을 참 사랑하는 사람은 어디든지 있다는 걸 다시금 느꼈다. 그렇기에 나도 그녀를 할 수 있는 만큼은 다정하게 대하고 싶었다. 대표는 검정색 스타렉스 앞에 선 우리를 보고 조수석에 앉은 채 말했다.

―주 52시간 근로인가 뭔가 그거 못 지키겠지만 미안해요웅. 그래도 상여금 빵빵하게 줄 테니까 걱정 말고. 다들 한 달만 죽었다고 생각하고 일합시다!

모두가 박수 치며 환호했다. 나도 어색하게 동조하며 박수 쳤다. 대표는 말을 마치고 의자를 뒤로 아주 젖혔다. 다들 짐을 들고 차에 싣기 시작했다. 아무리 작은 다큐라지만 촬영 인원이 다섯 명이 뭐야 시시하게……. 이런 생각이 드는 것도 사실이었다. 나는 수백 명 규모의 스태프를 이끌 영화를 계약하게 생겼다고 지금. 하지만 내 생각을 들키고 싶지 않아 촬영 기기와 짐들을 차에 열심히 실었다. 건조한 새벽 공기가 폐부 깊숙이 들어오는 것 같았다. 어둑한 밤에 생산적인 일을 하는 내 모습이 3인칭으로 그려졌다. 무척이나 맘에 들었다.

선배가 운전을 했고 맨 뒷좌석엔 나와 유리 씨가 탔다. 유리 씨는 가방을 뒤적여 내게 일일촬영계획표를 건넸다. 그녀의 가방엔 과일맛 캐러멜이나 삶은 계란, 빵 같은 것이 가득했다. 언니 좀 드실래요? 유리 씨는 귀엽게 웃으며 빵을 꺼냈다. 괜찮아요, 나는 웃었고 일일촬영계획표를 읽었다. 일촬표는 굉장히 꼼꼼했다. 5분 단위로 촬영 계획이 짜여 있었고 스태프들의 동선, 일몰 시간과 날씨에 따라 촬영할 장소와 인터뷰 소요 시간까지 철저하게 계산돼 있었다. 영화를 찍을 때도 일촬표를 이렇게까지 세세하게 적지는 않았는데, 놀라웠다. 유리 씨는 빵부터 삶은 계란, 캐러멜까지 야무지게 먹어 치웠다. 마른 몸으로 꼭꼭 씹어 먹는 모습이 귀여워 괜스레 웃음이 났다. 그녀는 휴지로 입을 닦고 입고 있던 패딩 주머니에서 작은 바셀린 통을 꺼내 입술에 발랐다. 조수석에 앉은 대표는 내내 시시콜콜한 말을 했다. 자기는 압해군에서 고등학교까지 마쳤고, 서울로 대학 간 건 형제들 중에 자기뿐이라고. 그다지 궁금하지 않았다. 촬영 장소인 '돼지아빠의 FOR U 양돈 축사'는 공중파 뉴스에 몇 차례 나온 적이 있다고 했다. 청년이 운영하는 스마트 축사라는 주제로 다뤄진 모양이었다. 휴대폰에 검색해 보니 정말로 그랬다. 남해안의 작은 지역인 압해군에서 그나마 유명한 걸 꼽으라면 보존이 잘된 적산가옥과, 손꼽히는 규모의 양돈 농장이라고 했다. 그리고 그 둘이 자기와 자기 남동생 거라며 거들먹거렸다. 아 그러시구나, 속으로 생각하며 일촬표를 넘기는데 마지막 장에 굵은 글씨로 당부 사항이 적혀 있었다.

[농장주는 돼지를 사랑하고 아끼는 '돼지아빠' 캐릭터로 잘 구축할 것. 청년의 스마트함이 잘 드러나도록 찍을 것. 일정 딜레이되지 않도록 최대한 신경 쓸 것. 업무일지 빼먹지 말 것.]

이미 농장주를 돼지아빠라는 캐릭터로 구축시킨 치밀함이 지자체로부터 입찰을 받을 수 있었던 이유가 아닐까 하는 생각이 들었다. 게다가 분 단위로 쪼개져 작성된 일정과 딜레이되지 않게 하라는 말까지 적어 둔 것을 보니, 스케줄이 촉박하게 돌아가겠다는 걱정이 들었다.

ㅡ포트폴리오 링크에 있는 기 감독 영화 봤거든. 재밌더라. 근데 댓글에 한국의 아리 에스터? 그런 댓글이 있던데. 걔가 누구야? 스티븐 스필버그처럼 유명한 감독인가앙?

천안 즈음에 도달했을 때 대표는 관심이 있는 건지 없는 건지 모를 목소리로 말했다. 요즘 잘나가는 젊은 감독이거든요, 선배가 답했다. 내 작품을 올린 유튜브에 들어가니 댓글이 일곱 개로 늘어 있었다. 이력서를 낼 때만 해도 네 개였는데…….

[한국에도 아리 에스터 같은 감독이 나타났네.]

별 감흥 없는 문장이었지만 옅은 웃음이 나왔다. 조회수도 어느새 세 자리에서 네 자리로 늘어 있었다. 별일이네 싶었다.

ㅡ찾아보니까 압해가 산으로 둘러싸여 있는데, 남쪽으로 가면 바다가 예쁘다던데요?

선배가 말했다. 어렸을 때 거기서 조개도 잡고 놀았지 촬영 잘 끝내고 다같이 놀러 가보게엥. 대표가 억지스럽게 들뜬 목소리로 말했다. 옆에 앉은 유리 씨는 좋다고 말하더니 얼마 안 가 졸기 시작했다. 앞에 앉은 촬영감독과 음향감독은 이미 자고 있었다. 라디오에서는 일기예보가 흘렀다. 일주일째 대기가 바싹 말라 건조합니다. 화재 위험 없도록 각별히 유의하셔야겠습니다. 이내 대표도

곯아떨어졌고 한동안 차 안은 말이 없었다. 선배는 내가 깨어 있는 걸 룸미러로 보더니 몇 마디 걸었다.

　-학교 앞에 술집 있잖아. 하얀집이었나. 거기 지금도 장사 잘 돼?

　그렇다고, 분점도 근처에 세 개나 생겼다고 하니, 그는 맑게 웃었다. 거기서 첫차 때까지 마시겠다고 버티다가 사장님한테 쫓겨나서 지하철역 계단에 쭈그려 잠든 적이 한두 번이 아니었다면서 말이다.

　-우리 과 다닌 사람 중에 안 그래 본 사람도 있대요?

　내가 말했고 우린 같이 웃었다. 우리 학교 학생이라면 그 술집을 모르지 않겠지만, 특히나 우리 과 학생들에게 그곳은 특별했다. 영화 촬영 장소로 술집이 필요할 때면 꼭 그 술집에 요청했고, 사장님은 날짜만 괜찮다면 무료로 빌려주고는 했다. 물론 술집 전체는 아니었고 구석 쪽 자리만 허가해 줬지만 말이다. 우린 거기서 시나리오 소재를 논의하고 장소를 물색하고 캐릭터를 짜고 싸우고 울고 웃고 화해하고 그랬다. 우린 거기서 모두가 주인공이었다. 괜한 감상에 빠지게 되니 운전하고 있는 선배가 든든하게 느껴졌다. 한 달 동안 선배만 잘 따르고 보필하면, 문제없을 거라는 믿음이 생겼다. 돈도 벌고, 영감도 챙겨 오자는 확신이 생겼다. 단지 같은 공간을 향유했다는 것만으로도 같은 정체성을 공유하고 있는 것처럼 느껴졌다. 어쩐 일인지 자꾸 웃음이 나와 잠이 통 오질 않았다.

*

　대표가 물려받았다는 적산가옥은 압해에 도착해서도 산골짜기 안으로 더 들어가야 했다. 험준하지는 않았지만 차로 20분을 달려야 할 정도로 무척 깊었다. 그 길에는 간간이 백숙이나 오리고기 집이 보일 뿐 별다른 편의시설은 보이지 않았다. 산등성이의 끝에 다다르니 내리막 도로 옆으로 긴 강이 한눈에 내려다보였다. 탐진강이었다. 우린 잠시 차를 세우고 풍경화를 보듯 내려다봤다. 내리막 도로 끝에 적산가옥이 보였고 멀지 않은 거리에 축사가 있었다. 그 옆에는 강을 넘을 수 있는 다리가 있었는데, 작은 논과 그다지 크지 않은 크기의 집이 한 채 있었다. 대표는 거길 가리키며 축사에서 일하는 외국인 직원들이 사는 곳이라고 했다. 우리 형제가 시골 사람이라 숙식 제공은 확실히 책임지는 우아한 인격을 가졌다니까앙. 나와 유리 씨는 넋을 놓고 전경을 바라봤다. 마치 화산의 분화구 혹은 별똥별에 부딪힌 것처럼 움푹 파인 모양이었다. 소나무 가득한 산에 둘러싸인 모습이 무척 아름다웠다.
　내리막길을 따라 10분 정도 가니 강변에 있는 적산가옥에 도착했다. 으리으리하게 2층까지 솟아 있는 모습이 장엄해 보였다. 사진보다 실물이 더 풍채가 좋았다. 고풍스럽게 솟은 굴뚝부터 하부를 받치는 기둥까지 외면이 조금 낡은 듯했으나 여전히 건실했다. 뭐랄까…… 집이라기보단, 살아 움직이는 생물 같았다. 근처에 강이 있어도 이렇게나 건조하네. 대문이 없는 정원은 호흡기가 칼칼할 정도로 건조한 공기를 온몸으로 받아 내고 있었다. 정원을 둘러싼 낮은 담벼락이 마치 성곽처럼 보였다. 적산가옥 뒤 가파른 산지에는 무덤이 몇 개 있는 산소가 정갈하게 정돈돼 있었다. 아마 대표의 집안 어른들이 묻혀 있을 것이었다. 그야말로 배산임수의 위치였다. 알지도 못하는 어르신들이 죽어서도 호강하고 계시겠네 하는 생각이 들었다. 주차를 하는 동안, 한줄기 햇빛이 적산가옥 유리창으로 떨어졌다. 구름 사이 좁은 틈으로 보이는 해는, 어떤 것과 부딪힌 듯 조각난 채 이글거리더니 금세 구름 뒤로 숨었다. 차에서 내리자 정원의 디귿 자 모양의 작은 소나무들이 우리를 쳐다보는 듯했다. 건지 선배는 눈이 가려운지 눈을 한참 비볐다.

─ 웬만한 호텔보다 우리 집이 더 나을 거야앙. 아마도 우리나라에서 제일 큰 적산가옥일걸?

대표는 하긴 너네가 적산가옥에서 자 봤을 리가 없지잉, 하더니 어서 집 안으로 들어오라고 했다. 그때 대표의 남동생인 돼지아빠가 현관문을 열고 나왔다. 대표보다 열 살 정도는 어려 보였다. 스포츠형으로 짧은 머리에 쌍꺼풀 없이 동그란 눈을 가진 그는 잘생긴 편이었다. 낮은 콧대와 굵은 얼굴선은 진한 갈색 피부와 조화를 이루며 그를 어딘가 귀티 나게 했다. 대표는 그에게 우리를 한 명씩 소개했다. 나를 소개할 때는, 유명한 영화제에서 수상한 최초 여성 감독이라며 과장되게 치켜세웠다. 그는 수줍게 인사하며 악수를 청했다.

- 오시느라 고생 많으셨지라. 먼저 짐부터 푸셔요.

그는 강한 사투리 억양으로 말하며 우리를 집 안으로 데려갔다. 고풍스럽게 뻗은 복도를 기준으로 왼쪽에 투명한 유리가 가득 낀 문이 달린 응접실이 아름다웠다. 오른쪽은 한지가 발린 목재 미닫이 문이 끼워진 방, 일본식 다다미로 된 방, 유럽 사극 영화에서나 볼 법한 세로로 긴 유리창이 달린 방이 있었다. 응접실 옆에는 거실이었는데, 열고 닫을 수 있는 큰 창문 앞에 화분 몇 개가 놓여 있었다. 벽걸이 TV 옆에는 기다란 초록색 인조잔디 매트와 골프공, 골프채가 있었다.

넓은 응접실에는 하얀 천으로 덮인 긴 테이블이 놓여 있었고 그 뒤에는 높게 달린 큰 괘종시계가 유리창을 통해 우릴 내려다보고 있었다. 거대하고 뾰족한 시곗바늘은 부지런히 넓은 눈금 사이를 달렸다. 2층으로 올라가는 계단은 불투명한 유리로 응접실과 구분되어 있었다. 건축에 대해서 모르긴 몰라도 적산가옥은 일본식과 한국식, 양식이 혼합된 스타일이었다. 남해안 끝자락의 촌스런 시골이 아니라, 마치 개화기를 배경으로 하는 시대극 세트장에 온 기분이었다. 나를 포함한 이 집에 있는 모두를 근대시대에 극적인 서사를 겪는 인물로 치환해 시나리오를 쓰면 어떨까 하는 생각이 들었다. 어쩌면 우리 모두 이미 한 편의 영화를 촬영하고 있는 중일지도 몰랐다. 아, 정말 가슴이 뛴다. 나도 모르게 벅차오르는 목소리로 속삭였다.

— 영광인 줄 알아 이것들아앙.

대표는 철 지난 유행어를 뱉으면서 언제 이런 데서 지내보겠냐고 말했다. 겉만 으리으리하지 내부는 이도 저도 아닌 스타일이구먼, 유리 씨가 내 어깨에 대고 작게 속삭였다. 적산가옥이나 한옥이나 양옥이나 사람 사는 곳은 다 거기서 거기네요, 나도 속삭였다. 사실 말은 그렇게 했어도 부풀어 오르는 마음을 어찌하지 못하고 있었다. 세트장처럼 탁한 공기, 품에서 촬영 기기가 부딪히는 소리, 분주해지는 사람들의 움직임, 일활표가 넘어가는 소리, 어떻게 찍으면 좋을지 고민하는 눈빛들. 이제 곧 내가 가장 사랑하는 순간들이 펼쳐질 것이었다. 피가 끓었다. 일. 어서 일을 하고 싶었다. 나는 영화를 해서 어느 정도 현장 순리에 대해 잘 알고 있다고, 전문성을 갖춰 이 일에 도움을 줄 수 있는 능력 있는 사람이란 걸 보여 주고 싶었다. 이 바닥에서 발로 차이는 그런 같잖은 지망생에 불과한 사람이 아니란 걸, 잘 알지도 못하는 사람들에게 증명하고 싶었다. 일활표에 따르면 첫 번째 순서는, 적산가옥의 내부 곳곳을 찍고 축사에서 일하는 돼지아빠를 팔로우하면서 캐릭터를 잡아 주는 거였다.

―자 그럼 이제부터 한 달 동안 뼈 빠지게 일해 봅시다!

대표의 말에 유리 씨는 양 어깨에 메고 있던 제 몸집만 한 카메라 두 대를 설치하기 시작했다. 선배와 감독들은 돼지아빠에게 촬영이 어떻게 진행될지 설명했다. 나도 트라이포드와 조명기기들을 꺼내 세팅을 서둘렀다. 그렇게 쉴 틈 없이 업무가 시작됐다. 세팅을 마치고 나서 잡다한 짐을 들고 2층으로 올라갔다. 2층 다락은 사진에서 본 것과 다르게 널찍하진 않았고 천장에 머리가 닿아 무릎으로 걸어야 했다. 세로로 긴 좁은 유리 창문 밖으로 탐진강이 보였다. 잠깐 났던 햇빛이 구름에 가려지고 있었다. 나는 넋을 놓고 그 풍경을 구경했다. 3분 정도 지났을까, 이내 아래에서 선배의 날카로운 고성이 들려왔다.

―기 감독 어디 있는 거야?

놀라 뛰어내려 가자 선배는 트라이포드에 끼운 카메라를 잡고 서 있었다. 1층으로 내려가는 계단에서 그의 모습이 응접실 유리에 흐릿하게 비쳤는데, 마치 감독관 같았다. 그는 촬영 시간이 가까워졌는데 어디서 뭐 하고 있느냐고 따졌다. 인상을 찌푸리며 말하는 그의 모습은 대학 때 알던 그와 확연히 다른 모습이었다. 뜬금없는 타박에 당황스러웠지만 죄송하다고 말하는데, 응접실 쪽에서 대표가 나를 보고는 쯧 소리를 내면서 고개를 흔들었다. 돼지아빠는 무언가 불편한 표정이었다. 첫날부터 왜 이래 정신 차리고 일하자, 속으로 내 뺨을 수십 번 때리고 싶은 심정이었다. 대표는 나를 한 번 보고는 계단 건너편 자기 방으로 들어갔다.

선전포고를 하고 침공하러 가는 군인의 마음이 이랬을까? 직원 모두는 어떻게든 최고의 결과를 만들어 내겠다는 마음으로 일사불란하게 움직였다.

*

촬영은 지체 없이 진행됐다. 적산가옥에서 시작해 돼지아빠의 축사 곳곳을 찍었다. 축사는 열 개의 돈사로 이뤄졌는데 가히 500마리의 돼지를 기르는 축사답게 넓었다. 난생 처음 맡아 본 퀴퀴한 냄새가 코를 타고 넘어와 폐까지 찌르는 느낌이었다. 사료와 분변이 섞인 냄새였는데, 마냥 역겹다기보다 어딘가 은근히 신경을 찌르는 불쾌한 냄새였다. 우리는 카메라를 들어 다섯 명의 외국인 직원들이 돈사를 청소하고 돼지의 코가 촉촉한지 일일이 확인하는 모습을 찍었다. 돼지아빠는 대표와는 다르게 말수가 적고 유순한 스타일이었다. 휴대폰과 컴퓨터로 능숙하게 사료를 주고 온도와 습도를 체크하는 그의 모습은 프로페셔널해 보였다. 선배는 준비한 질문을 하라는 눈치를 줬고 나는 한 톤을 높인 목소리로 카메라 밖에서 물었다.

- 운영한 지는 얼마나 되셨어요?

돼지아빠는 카메라를 과하게 의식하며 부끄러운 듯 답했다.

- 아버지 돌아가시고 나서 했응께 3년 정도 됐지라. 아직 비기너 딱지도 못 뗐어요.

돼지아빠는 새끼돼지들을 보며 말했다. 무균한 사람이다. 나는 얼굴이 발그레해지는 그를 보며 그런 생각을 했다. 포유돈사 안에서 새끼돼지들은 어미돼지에게 달라붙어 젖을 빨아 먹고 있었다. 어미는 권태롭게 가만히 누워 카메라를 보며 눈만 깜빡거렸다. 이윽고 선배는 카메라를 건너편 모리스에게 돌렸다. 외국인 직원 중 반장인 그는 진한 쌍꺼풀과 하얀 새치가 가득한 더벅머리를 하고 있었다. 그는 스톨케이지 안으로 어미돼지 한 마리를 넣고 있었다. 선배는 모리스에게 무얼 하는 중이냐 물었다.

- 얘가 얼마 전에 새끼를 깔아뭉개 죽였어요. 이건 그걸 막아줘요.

스톨케이지는 세 뼘 정도의 크기로 어미돼지가 겨우 누울 수 있는 크기였다. 등에 94라고 적힌 돼지는 눈을 깜빡이다가 이내 비스듬히 누웠다. 카메라를 잡고 있는 선배는 뷰파인더에서 눈을 떼고 나를 째려봤다. 더 다양한 멘트를 끌어내라는 거였다. 왜 사장님을 돼지아빠라고 불러요? 내가 묻자 모리스는 카메라 렌즈를 보며 말했다.

　―사장님 돼지를 사랑해요. 우리도 사랑해요. 월급 주고 집도 줬어요. 그래서 아빠예요.

　나는 카메라 뒤에서 카메라를 보지 말고 나를 보면서 말해 달라고 손짓했다. 하지만 그는 어색한 듯 카메라를 자꾸 의식했다. 돼지아빠가 그 모습을 보며 나긋하게 웃었다.

　스마트 축사라지만 일은 고돼 보였다. 돼지아빠와 직원들은 우리를 깨끗이 청소하고 돼지들이 사료를 잘 먹는지, 기기들이 잘 작동하는지 일일이 확인했다. 그러고는 우리에 있는 새끼돼지들을 케이지에서 풀어 산책시켰다. 촬영은 바쁘게 진행됐다. 질문하고 외국인 직원들이 화면에 껴들지 않게 통제하고 수음이 잘 되고 있는지 체크하고 일괄표를 들여다보며 언제 인터뷰를 끊을지 편집점을 잡았다. 바쁘게 일하는 와중에도 촬영 현장을 디렉팅하는 선배에게 잘 보이고 싶었다. 왠지는 모르지만 그러고 싶었다. 그래서 똘똘하게 움직이는 모션을 의식적으로 더 취했다. 지시하기 전에 내가 먼저 주도적으로 무언가를 하려고 노력했다. 미끼 질문을 던지며 쓸 만한 멘트를 따내려 애썼다. 우와, 이렇게 방목하면서 키우는 게 동물 복지 농장의 비결인가 봐요? 나의 물음에 돼지아빠는 어색하게 답했다.

─ 새끼돼지들이 빠르게 크면 지방만 쌓여서 떡지방이 돼브러요. 그럼 맛도 없고 물컹해지제. 일주일에 한 번 정도 산책시켜 주면, 스트레스 없이 자라서 육질이 부드러워지거든.

이게 바로 순리축산이라는 거군요? 내가 과장되게 높은 톤으로 말했다. 선배는 울타리를 점검하는 직원들과 그 사이에서 느릿하게 걷는 돼지들을 풀샷으로 잡았다. 흐린 날씨지만 나쁘지 않은 그림이었다. 선배는 카메라를 잠시 멈추더니 이내 돼지아빠한테 방목장을 거니는 돼지들과 친하게 보이도록 다가가라고 주문했다. 하지만 돼지아빠가 가까이 올 때마다 돼지들이 도망갔다. 결국 강가에서 물고기를 몰이하듯 달려가 돼지들을 붙잡아 컷을 찍었다. 하지만 눈치 없는 모리스가 껴드는 바람에 NG가 났다.

─ 돼지아빠 그렇게 하면 안 돼요. 돼지 아파요.

도망가는 새끼돼지를 구석으로 몰고 어떻게든 잡으려는 돼지아빠의 모습을 보고 모리스가 말렸다. 그러자 돼지아빠는 장난스럽게 웃으며 말했다.

─ 아따 이거 방송 나온다고 말 겁나 많고마. 안 피곤허냐? 가서 좀 쉬어라잉.

사장과 직원의 관계라기보다 형제 같은 모습이 자연스럽게 연출됐다. 그 모습이 재밌었기에 살려서 나중에 떼다가 붙여 쓸 수 있겠다는 생각이 들었다. 이런 장면이 연출될 때마다 편집 방향을 조금 수정해 보면 어떨까 했다. 하지만 보조 역할로 들어온 내가 그런 주도적인 일을 할 위치가 아니지 않나 하는 의심이 금세 덮쳤다. 이런 큰 그림을 그리는 건 연출을 잡은 선배의 권한일 테니까.

촬영이 진행될수록 돼지아빠는 처음보다 행동이 자연스러워졌다. 선배가 질문할 땐 카메라를 보지 않고 자연스레 답했다. 어떤 그림이 나와야 자신과 축사가 긍정적으로 비칠지 잘 알고 있는 듯한 눈치였다. 나는 일활표에 적힌 계획이 촬영되면 해당 부분을 빨간 펜으로 그었다. 돼지아빠 캐릭터 살리기. 외국인 노동자 행복한 모습 보이기. 줄을 그을 때마다 내가 꽤 똘똘하게 일하고 있다는 만족감이 들었다. 하지만 촬영이 끝나자 선배는 카메라를 끄고 돈사 밖으로 나를 불러내 옆에다 침을 뱉고는 꾸중했다.

— 이 현장에서 네가 하는 게 뭐라고 생각해?

느닷없이 왜 이러지? 내가 1인분의 몫을 제대로 하고 있지 않은 건가? 뭐가 부족했나? 잡다한 생각이 들어 대답이 바로 나오질 않았다.

— 자기 역할에 대한 고민도 없으니까 이 모양이지. 질문을 이렇게도 하고 저렇게도 하면서 출연자 캐릭터를 부각해야 할 거 아니

야. 일은 나 혼자 하냐? 네가 할 수 있는 것만 하지 말고 그 이상을 좀 하란 말이야.

그는 짝다리를 짚고 팔짱을 끼더니 말을 이었다. 죄송합니다. 이 말 이외엔 말할 게 없었다.

- 성과 안 나면 너는 일 안 한 거야.

선배는 또 침을 뱉었다. 별다른 대꾸를 하지 않고 시선을 아래로 낮췄다. 일 안 한 거야. 자꾸만 그 말이 맴돌았다. 일 안 한 거야. 너는 일 안 한 거야. 별다른 대답을 하지 않았어도 속에서는 수많은 언어가 타올랐다. 내가 이곳에서 할 수 있는 것과 할 수 없는 것이 뭐지? 연출이 아니라 보조를 하러 온 내가 급여 값을, 혹은 그 이상을 하려면 어떻게 해야 하지? 못 견디게 화가 났다. 내가 뭘 포기했는데. 무엇을 치르고 지금 여기에 있는 건데……. 하지만 그런 말들은 안에서만 활활 열을 낼 뿐 밖으로는 표출되지 않았다. 대답도 제대로 못한 스스로를 자칫 한심하게 생각할 뻔했다. 하지만 침묵은 오히려 최선을 다해 싸우는 것이라면서 스스로를 위로했다. 내가 얼마나 각오하고 왔는데, 이런 것쯤이야. 선배는 앞으로도 이렇게 일하면 곤란하다고 했다. 어물쩍하게 한 달 보내려고 하지 말고, 이 공동체의 일원이라는 생각으로 애정을 가지고 일하라고 했다. 알겠다고 답하면서도 모호한 질문을 던지고 디테일한 답변을 원하는 그가 이해되지 않았다. 하지만 일단은 내가 부족한 게 맞을 테니까…… 내 쓸모를 증명하려면 그의 말처럼 일단은 할 수 있는 것 이상을 해야 했다. 압해로 떠날 때 다짐했던 것처럼.

　촬영을 마치고 모두 모여 저녁을 함께 먹었다. 남도식 김치와 생선구이, 나물과 떡갈비가 차려졌다. 대표와 돼지아빠는 고생했다면서 부족하면 더 말하라고 했다. 새벽부터 이어진 강행군에 입맛이 없었는데도 차려진 음식을 보니 입맛이 돌아 모두 허겁지겁 먹어 치웠다. 잠은 나와 유리 씨가 2층 다락에서 자기로 했고 1층의 방은 남자 스태프들이 한 명씩 쓰기로 했다. 샤워를 하고 취침 준비를 했다. 2층은 추웠다. 하지만 몰려오는 잠을 이길 수 없었다. 후드에 패딩을 입고 이불을 끌어안았다. 바람에 창문이 흔들리는 소리가 들렸다. 창문 틈으로 들어오는 한기가 얼굴에 닿았다. 잠에 들었다.

*

　둘째 날 점심시간엔 스태프 전부 정원에 모였다. 돼지아빠와 직원들이 모여 돼지고기를 구워 먹는 장면을 찍어야 했다. 촬영감독이 카메라를 잡고 유리 씨가 옆에서 인터뷰를 진행했다. 정기적으로 도축한 돼지고기를 직접 먹어 보고 이웃들에게 나눠 주며 육질이 어떤지 체크한다는 내용이었다.

 ─ 이번 고기는 귀리를 멕여서 키운 실험적인 방식이었는디. 한번 드셔보쇼잉.

 돼지아빠는 고기를 잘라서 유리 씨 입에 넣어 주었고 촬영감독은 이를 클로즈업해 찍었다. 너무 맛있어요 돼지아빠! 느끼한 맛이 전혀 없는걸요? 유리 씨는 카메라 앞에서 감탄하듯 말했다.

 ─ 우리 축사 돼지들은 80kg이 되면 도축해 브러요. 보통 양돈장에서는 120kg까지 찌우고 도축하는 경우가 많제. 그래야 비싸게 팔 수 있응께. 근디 우린 달러요. 일종의 자부심이죠. 돈보다 질이라는.

 대표는 적산가옥 현관 앞에서 촬영하는 우리를 지켜보고 있었다. 음향감독은 헤드폰을 끼고 수음이 잘 되고 있는지 체크하고 있었고, 선배는 일괄표를 확인하고 있었고, 나는 나머지 촬영 기기를 정리하고 있었고, 외국인 직원들은 고기를 굽고 있었다. 유리 씨는 촬영 때문인지 아니면 정말로 배가 고팠던 건지, 고기를 엄청나게 먹어 치웠다. 그런 유리 씨가 담기는 카메라를 보자 나도 저렇게 어떠한 몫을 꼭 해내야 한다는 강박이 엄습했다. 식사 촬영이 끝나고 모리스는 접시에 고기를 담아 스태프들에게 나눠 줬다. 다들 간이 의자에 앉아 고기를 질겅질겅 씹고 있는데 대표가 말했다. 이렇게 포식하면서 일하는 촬영 현장은 처음이지 않느냐고. 조금만 더

힘내고, 마지막 주에는 다같이 바다에도 놀러 가자고. 나는 자리를 정리하는 다른 외국인 직원들을 멍하니 보고 있었다. 유리 씨는 이제야 배가 좀 찼다며 내 옆에 앉았다. 모리스가 우리에게 고기가 담긴 접시를 내밀었고 나는 물었다.

ㅡ 앞해 바다가 그렇게 예뻐요? 남해에는 처음 와 보거든요.

모리스는 고기를 다른 접시에 분배하느라 바쁜지 별 신경 쓰지 않는 듯 말했다.

ㅡ 아직 바다 본 적 없어요.

그러고는 나를 잠시 바라봤다. 그의 짙은 갈색 눈동자와 진한 쌍꺼풀이 클로즈업한 듯 크게 보였다. 그의 뒤로 숯불 재가 연기와 함께 바람을 타고 휘날렸다. 무대에 포그가 서서히 퍼지는 모양새였다. 괜한 민망함에 나는 모리스와 다른 직원들은 어느 나라에서 왔냐고 어쩌다 여기서 일하고 있느냐 물으려 했다. 그 찰나에 돼지 아빠가 모리스에게 불판 좀 치워 달라고 말했다. 바람이 내 쪽으로 불었다. 눈에 뭐가 들어갔는지 앞이 잘 보이지 않아서 눈을 비볐다. 눈 안에 무언가 기어다니는 듯 가려웠다. 나는 눈을 더 세게 비볐다. 안구가 잠시 뒤로 들어가는 느낌이었다. 가려움이 가라앉아 다시금 눈을 뜨자 까맸던 시야가 점점 또렷해졌다. 처음 보이는 건 불꽃이 살아 있는 불판으로 향하는 모리스의 뒷모습이었다. 유리 씨는 어느새 어디로 갔는지 내 옆에 없었다. 나는 혼자 접시에 담긴 고기를 질겅 씹었다.

저녁에 가까워져서는 돼지아빠와 모리스를 따라서 3번 축사의 7번 우리에 들어가 촬영했다. 넓은 우리 안에 흑돼지 한 마리가 사료를 먹고 있었다. 두툼한 뒷다리 사이로 바닥에 끌릴 듯한 거대한 음낭이 보였다. 안 그래도 역한 냄새에 정신을 못 차리고 있었는데 그 모습을 보자니 속이 더부룩했다. 얘는 수퇘지인가요? 선배가 카메라 밖에서 묻자 돼지아빠가 돼지의 코를 한번 만지고는 말했다.

- 네. 씨돼지예요. 우린 인공 수정을 하지 않고 발정이 온 암퇘지들과 자연스럽게 교배시켜요. 자연적으로 해야 스트레스를 안 받으니까. 그게 다 육질에 영향을 미치거든요.

선배는 곳곳을 더 찍고는 카메라를 껐다. 그러고는 돼지아빠에게 몇 가지 부탁을 했다. 질문에 좀 더 길게 답해 주세요. 동물 복지 같은 키워드를 좀 살려 주시고, 육질 이런 것보다 돼지들이 행복하다는 그런 말을 해 주세요. 돼지아빠는 머리를 긁었다. 모리스 씨는 우리 안에 들어가 분변을 치웠다. 나는 일촬표를 살피고 있었다. 선배는 다음 촬영 시간까지 얼마나 남았느냐 물었다. 15분이요, 나의 대답에 그는 내게 물 좀 가져오라고 말했다.

- 네?

얼이 빠진 듯한 나를 보고 선배는, 백팩에 물 안 챙겼냐며 눈을 찡그렸다. 당황하는 나를 보더니 모리스 씨는 사무실에 물병이 있다며 가지고 오겠다고 했다. 그러자 선배는 괜찮다고 그를 말리는 시늉을 했다. 우리가 더 괜찮아요, 돼지아빠는 웃으며 말했다. 선배는 물이랑 티슈 같은 거 챙기는 건 기본 아니냐? 말하고는 내 어깨를 부닥치며 축사 밖으로 나갔다. 그를 따라 나가자 축사 건너편으로 강이 보였고 해는 필라멘트가 곧 끊길 전구처럼 볼품없이 압해산 아래로 떨어지고 있었다.

ㅡ이만 바라시 쳐.

선배는 돈사 근처에다 침을 뱉고 말했다. 외국인 직원들 인터뷰가 아직 남았는데요, 내가 말했다. 그건 네가 내일 추가로 촬영해, 그 정도는 할 수 있잖아? 자꾸 학부생처럼 일할래? 그가 답했다. 넵. 나는 짧게 말하고 빠르게 장비들을 정리한 후 유리 씨에게 전화해 우리 쪽은 촬영이 끝났다고 전했다. 벌써 시마이 쳤대? 수화기 너머로 촬영감독의 음성이 들렸다. 저희 팀은 두 시간 후에 복귀할 예정입니다! 유리 씨가 똘똘한 목소리로 말했다. 철수한 후 적산가옥에서 만나자고 말하고는 전화를 끊었다. 유리 씨의 씩씩한 목소리만 들어도 알 수 있었다. 그녀는 이미 일을 잘 해내고 있단 걸. 대답도 못 하고 우물쭈물대는 나랑은 완전히 다르단 걸. 그러자 목이 타들어 갔다. 유리 씨는 나보다 이들과 오래 일했으니 업무에 능한 건 당연했다. 하지만 내가 그녀만큼 하지 못하고 있는 것 같아 자꾸만 수치스러워졌다. 자기 역할에 대한 고민, 내가 할 수 있는 것만 하지 말고 그 이상을 하라는 선배의 말이 자꾸만 맴돌았다. 잘하고 싶었다. 인정받고 싶었다. 유리 씨한테 뒤지지 않고, 선배에게도 칭찬을 받아 낼 만큼 성장하겠다는 의지가 불타올랐다. 잘 알지도 못하는 그녀를 이기고 싶었다.

촬영 기기를 가방에 챙겨 어깨에 멨다. 건조한 바람은 방향을 자주 바꾸며 불었다. 선배와 적산가옥으로 걸어가며 아무 말 하지 않았다. 서울에서 맞은 신경 주사의 약효가 다 됐는지 찌릿한 고통이 뒷목을 타고 날갯죽지로 흘렀다. 통증이 좀 가시라고 주먹으로 두드렸다. 잠깐 가셨을 뿐 다시금 통증이 돌았다.

가옥에 도착하니 냉기가 맴돌고 있었다. 돼지아빠와 대표가 같이 쓰는 방에서는 TV 뉴스 소리가 새어 나왔다. 홍장군에서 산불이 났는데 건조한 바람을 타고 암영군으로 번지고 있다는 거였다. 홍장은 압해의 옆이었고 암영은 압해의 위였다. 대표는 우리를 보며 당황스러운 듯 말했다.

- 이거 참 미안하게 됐네엥…….

우리 뒤로 유리 씨의 촬영팀과 돼지아빠가 들어왔다. 그러니까 도시가스 미리 깔아 놓자고 했지? 대표는 돼지아빠에게 타박하듯 말했다. 무슨 일인가 싶었다. 대표는 우리가 촬영 나가 있던 사이 군청에서 공무원들이 왔다고 했다. 홍장군에서 시작된 불이 암영까지 번져 산을 빠르게 태우고 있는데 불붙은 솔방울들이 바람을 타고 이곳저곳에 흩날려 위험하다고 했다. 이 적산가옥은 LPG 가스통을 연결해 온수와 난방을 해결하는데 아무래도 이걸 못 쓸 거 같다고 했다. 불씨와 가스통이 접촉하면 큰 화재가 일어날 우려가 있다며, 공무원들이 직접 찾아와 가스통을 치우라고 말했다는 거였다.

―이 추운 날에 아예 치울 수는 없고…… 씻을 때만 잠깐 연결해서 온수로 씻고 바로 창고에 넣는 게 낫겠지라.

돼지아빠는 뒤통수를 긁으며 말했다. 그럼 난방은 어떡하죠? 선배의 말에 대표는 입으로 쩍 소리 내며 답했다. 껴입고 자야지 뭐 어쩌겠어.

씻고 나오니 2층 다락의 바닥은 전날보다 훨씬 얼음장 같았다. 창문 틈으로 바람이 계속 불어 들어왔다. 도저히 2층에서는 잘 수가 없을 거 같아 나와 유리 씨는 패딩을 껴입고 침구를 가져와 응접실에 깔았다. 돼지아빠는 물을 뜨러 부엌에 왔다가 응접실 테이블 옆에다 침구를 깔고 있는 우리를 보고, 미안한 기색으로 어쩔 줄 몰라 했다. 괜찮아요 응접실이 넓어서 안 불편해요. 유리 씨의 말에 돼지아빠는 망설이더니 이내 말을 이었다. 혹시 괜찮으시면……. 그는 2층으로 올라가는 계단 뒤쪽의 벽을 밀었다. 문이 쩍 소리를 내며 열리자 아래로 내려가는 가파른 계단이 보였다. 조심히 내려오시쇼잉. 휴대폰 조명으로 어둠을 밀어내며 내려가자 큰 벽난로가 있는 지하실이 나왔다. 그 옆으로는 매트리스와 여름옷, 고풍스러워 보이는 책상과 의자, 책이 가득한 오래된 책장과 같은 잡동사니들이 질서 있게 정리돼 있었다. 마치 누군가가 오래 전부터 머무르고 있는 공간 같았다. 무릎으로 걸어야 했던 2층 다락과 다르게 지하실은 층고가 높아 점프를 해도 천장이 닿지 않았다. 돼지아빠가 벽에 달린 황색 스탠드 조명을 콘센트에 연결하자 지하실이 탁한 노을빛처럼 희붐하게 밝아졌다. 창문도 없는 지하실에 어두운 조명에다 벽난로라니, 위험한 거 아닌가 싶었다.

ㅡ강변이라 집이 항상 습해요. 지하실은 환기가 잘 안 돼서 더 그런디…… 그래도 벽난로 피우면 습기도 없어지고 따뜻해요. 여기서 불 때우면 위층도 웬만큼은 따뜻해진께요. 혹시 괜찮으시다면 여기서 주무셔요. 저도 여기를 서재로 쓰는데 위험하지는 않아요.

벽난로는 얼마 전까지 장작을 태웠는지 재가 켜켜이 쌓여 있었다. 유럽 시대극에서나 보던 걸 실제로 보니 신기했다. 유리 씨도 마찬가지인지 들뜬 목소리로 전 좋아요! 하고 소리쳤다. 나도 마찬가지였다. 얼음 위에서 자는 거 같은 2층이나 유리창을 통해 횡히 보이는 응접실보단 이곳이 훨씬 나았다. 서재까지 내주시고 정말 감사드려요. 돼지아빠는 아니라며, 힘들게 일하시는데 이런 환경이라 미안하다고 말하고 장작을 가져오겠다며 계단을 타고 올라갔다. 그가 지하실 위로 올라가자 그의 걸음 소리가 천장을 타고 울렸다. 나무 바닥이 끼이익 하고 우는 게 음산했다.

　유리 씨는 이런 거 처음 본다며 눈을 반짝이며 말했다. 저도요 아직도 이런 집이 있네요……. 유리 씨는 침구를 가지고 오겠다며 폴짝 뛰며 신나 했다. 나는 책상과 의자를 한쪽으로 밀어 침구 놓을 자리를 마련했다. 그때 1층에서 유리 씨와 돼지아빠가 만났는지 둘의 이야기 소리가 천장을 타고 내려왔다. 물속에 잠겨 바깥의 소리를 듣는 것 같았다. 탁한 백색소음 사이로 특정한 소리만 물을 찢고 귀에 들어오는 거 같았다. 이내 둘은 지하실로 내려왔다. 돼지아빠는 벽난로의 재를 삽으로 퍼 자루에 담고 장작을 피웠다. 불씨가 약해지면 하나 정도만 더 넣으세요, 이 정도면 내일 아침까지는 문제없을 거예요. 벽난로 불에 그의 동그란 왼쪽 눈이 반짝였다. 왼쪽 얼굴이 불꽃이 움직이는 방향 따라 밝아졌다 어두워졌다 했다. 오른쪽은 빛을 받지 못해 어두웠다. 우리를 위해 장작을 패 온 건가. 어쩜 대표와 동생이 저렇게 다를 수 있을까, 생각했다. 돼지아빠는 편히 자라며 인사하고는 계단을 타고 올라갔다. 그가 자기 방에 들어가는 걸음 소리가 지하실에 울려 퍼졌다.

나름 낭만이 있는데요? 들뜬 그녀의 모습이 귀여워서 나도 웃었다. 일은 고되고 어렵지만…… 그래도 이런 상황에 만족하는 연습을 한다면, 한 달 동안의 고생을 충분히 이겨 낼 수 있을 거라는 생각이 들었다. 이렇게 자주 유리 씨와 스몰 토크 하면서 서로를 달랠 수 있을 거야. 나와 유리 씨는 공간의 낭만을 더 즐기기도 전에 피곤해 잘 준비를 했다. 황색 조명을 끄자 벽난로에서 이글거리는 불꽃에 우리의 그림자가 벽면을 타고 늘어졌다. 우리는 머리를 누이고 얼마 지나지 않아 바로 잠에 들었다. 네 시간 뒤에 일어나야 했다.

*

촬영 사흘 째, 드론으로 적산가옥과 축사를 품은 탐진강 주변을 찍는 컷을 아침부터 준비했다. 장면과 장면 사이에 넣는 인서트 컷으로 활용하기 위해서였다. 스태프 모두 정원에서 바쁘게 일을 했다. 배터리는 충전이 됐는지, 여분은 있는지, 작동은 되는지, 렌즈는 종류별로 챙겼는지……. 물론 이런 건 나와 유리 씨가 했고 선배와 음향감독은 촬영감독이 날리는 드론을 구경하고 있었다. 시험 비행을 시켜 보고 문제없으면 카메라를 장착하는 순서였다. 드론의 날개는 보이지 않을 정도로 빨랐고 우리 위를 부드럽게 날았다. 준비를 전부 마쳤을 즈음 대표가 현관문을 열고 정원으로 나왔다. 그러고는 뒷짐을 지고 말했다.

―3일 동안 너네가 일하는 꼴을 보면서, 문제점을 찾았어엉. 첫째는 너넨 시간 활용을 형편없이 하고 있다는 거고, 둘째는 업무일지를 엉망으로 쓴다는 거야앙.

분 단위로 일정을 짜고 최대한 딜레이 없이 진행하고 있는데 시간 활용을 잘 못한다니. 게다가 하루에 네 시간도 채 자지 못하는 우리 보고 업무일지에 시간을 쏟으라니. 비합리적이라는 생각이 들었다.

―시간을 분과 초 단위로 쪼개서 업무에 쓰라는 말이에요. 업무일지에도 최대한 정확하고 상세하게 적으세요. 일괄표 9번 촬영 완료, 이런 식으로 퉁 치지 말고. 태평소라 그러나앙? 그거 그 언어를 도저히 쪼갤 수 없을 정도로 쪼개는 거 있잖아앙. 그 의미를 잃지 않는 한에서. 이거 알았는데 기억이 안 나네엥.

―태평소가 아니고 형태소요.

내가 바로잡아 주자 대표는 나를 잠시 흘겨봤다. 그와 눈이 마주치자 고개가 자연히 숙여졌다. 다른 직원들도 재판장에 불려 온 피의자처럼 고개를 숙이고 있었다.

―그래 그거. 업무일지에는 초등학생이 봐도 알아먹을 수 있게, 형태소 단위로 쪼갠다는 생각으로 적어요옹. 어떤 일을 할 예정이

었는데 얼마나 했는지. 목표만큼 못 했으면 왜 못 했는지 아주 상세하게. 알겠어요옹?

그는 기록뿐 아니라 시간도 형태소 단위처럼 끊을 수 없을 때까지 끊어서 사용하라고 했다. 허투루 날아가는 시간이 없도록 말이다. 그러고는 왜 이렇게 다들 죄인처럼 서 있냐고, 가서 뼈 빠지게 일하라고 했다. 그러면 자신이 확실하게 보상하겠다면서. 바다도 데려가고 상여금도 주겠다고. 그의 말이 끝나자 모두들 피난이라도 가는 듯 분주하게 움직였다. 나는 전통악기와 언어 단위를 헷갈려 하는 그의 모습에 코웃음이 났지만 사력을 다해 참았다. 유리 씨는 내게 귓속말로 태평소하고 형태소 구분도 못 하는 양반이 똘똘한 척은, 하고 속삭였다. 나는 어금니를 꽉 깨물며 제발 그만 좀 웃겨요, 하고 속삭였다. 대표는 우리가 촬영을 준비하는 내내 뒤에서 잔소리를 했다. 비슷한 말이었다. 형태소 단위로 끊어서 생각하고 움직이지 않으면 남들보다 뒤쳐진다는 것이었다.

- 혼자 필리버스터를 해요 아주 그냥.

유리 씨가 카메라를 챙기며 말했다. 웃음이 자꾸만 터졌다. 삭막하고 짜증 나는 환경이라도 유리 씨와 나누는 웃음이 있어 다행이라는 생각이 들었다. 선배는 드론을 띄우며 나와 유리 씨를 흘긋 봤다. 드론이 촬영한 우리의 모습은 어땠을까? 아름다운 정원과 넉넉한 적산가옥. 그 앞에 선 대표를 바라보고 서 있던 우리.

두 팀을 꾸려 촬영을 나갔다. 나와 선배는 돼지아빠를 따라 씨돼지가 있는 돈사로 갔고 나머지는 압해군 곳곳의 풍경을 찍으러 갔다. 그날 찍을 내용은 인공 수정이 아니라 자연 수정 하는 것을 보여 주는 장면이기에 중요했다. 돈사로 가는 차 안에서 카카오톡 알림이 빠르게 울렸다. 졸업한 13학번 동기들이 있는 학과 단체 채팅방이었다. 확인해 보니 온갖 잡스러운 이모티콘과 함께 축하한다는 문장이 가득했다. 동기인 K가 A 감독의 신작에 조감독으로 발탁됐다는 소식이었다. A 감독이라면 최근 연출한 세 편 모두 천만 관객을 동원해 충무로의 흥행 보증수표로 떠오른 스타 감독이었다. 얼마 전 상업 영화 데뷔작으로 500만 관객을 동원한 B 감독도 A 감독 아래에서 조감독으로 일한 이력이 있었다. 입봉작으로 그 정도의 관객을 동원한 건 매우 드문 일이었다. A 감독 아래에서 조감독 하면 꼭 입봉시켜 준다던데……. 축하해, 채팅방에 짧은 축하 메시지를 남기고 알림을 끄려는데, 개인 메시지가 왔다. K의 소식을 가장 먼저 알린 친구였다.

[야 아무리 그래도 이건 아니지 않냐. 솔직히 걔만큼 쓰는 애 널렸는데……. 이 바닥 줄 서는 거랑 운이라더니. 진짜 정 떨어진다 이 바닥.]

나는 읽고도 답하지 않았다. 첫째는 일도 하지 않고 계속 시나리오 집필에만 몰두하는 그의 마음을 알기에 섣불리 답장하기가 두려운 마음에서였다. 둘째는…… 불평이나 해 대는 그 머저리 같은 마음에 물들기 싫어서. 셋째는, 그래도 나는 돈을 벌고 있으니까. 저렇게 신세한탄이나 자기연민에 사무쳐 어리석게 살고 있진 않으니까 다행이라는 마음을 들킬까 봐 그랬다. 이내 선배의 휴대폰에도 메신저 알림음이 빠르게 울렸다. 그는 무심하게 확인하고는 껐다.

축사에 도착해 돼지아빠는 씨돼지를 꺼내 다른 다른 돈사에 있는 암돼지들 사이를 걷게 했다. 씨돼지는 거대한 음낭을 흔들면서 스톨케이지가 양옆으로 놓인 복도를 오갔다. 몇몇 돼지들이 귀를 쫑긋거리고 고개를 흔들며 씨돼지를 바라봤다.

─ 이게 암돼지들이 발정이 왔을 때 하는 행동이에요.

돼지아빠는 반응을 보이는 돼지들을 체크하고는 다른 돈사로 씨돼지를 옮겨 갔다.

─ 돼지 불알이 저렇게 클 수가 있나?

선배가 카메라를 끄고 말했다. 정확히는 몰라도 무슨 주사 같은 걸 많이 놓겠지……. 선배가 혼잣말을 했다. 그러고는 물 좀, 하며 내게 손을 뻗었다. 나는 백팩에서 500ml 삼다수 물병을 꺼내 그에게 건넸다. 나머지 촬영 좀 해 줄래? 선배는 내게 카메라를 넘기고는 돈사 밖으로 나가 버렸다. 나는 카메라를 켜고 돼지아빠의 뒤를 따라갔다. 다른 돈사에서도 똑같은 광경을 봤다. 땅에 끌릴 듯한 불알을 지닌 씨돼지를 보고 시선을 떼지 못하는 암돼지들을.

─ 가끔은 발정이 나지 않는 돼지 있어요. 씨돼지 봐도 짝짓기 안 해요. 그럼 인공 수정 해야 돼요.

모리스의 인터뷰를 따는 걸 마지막으로 그날의 촬영은 끝이었다. 나는 선배에게 외국인 직원들을 탐진강 앞에 세워 놓고 화기애애하게 걷는 장면을 찍자고 제안했다. 좋은 환경에서 행복하게 일하는 그들의 모습을 보여 주면서, 스마트 동물 복지 축사에서 일하는 게 자부심 느껴진다고 말하는 음성을 깔자는 것이었다. 역시 감독은 감독이네 배경으로 감정을 전달하는 감각 정도는 당연히 있어야지. 선배는 괜찮은 아이디어라고 네가 찍어 보라면서 내게 맡겼다. 나를 믿고 촬영을 맡기는 거 같아 가슴에 무언가 차오르는 기분이었다. 나는 급하게 외국인 직원들을 전부 모아 걷게 했다. 하지만 그들이 도통 내 말을 듣지 않아서 수차례 NG가 났다. 저기요 제대로 열 좀 맞춰 주세요 잡담하지 마시고요 정신 좀 차리고 걸음걸이 맞춰 주세요 이게 어려워요? 저기요 한국어 못 알아듣냐고요. 신난 건지 긴장한 건지 그들이 어색하게 행동하고 내 통제를 제대로 따르지 않아서 애를 먹었다. 결국 일몰이 지나고 나서야 촬영이 끝났다.

외국인 직원들은 강 너머 자신들의 숙소로 돌아갔고 나는 촬영 기기를 정리했다. 촬영 기기를 들고 선배가 타 있는 차로 가는데 날갯죽지에 통증이 몰려와 그 주변을 주먹으로 두드렸다. 무거운 트라이포드를 혼자 옮기고 가끔은 카메라를 어깨에 메고 찍으니 목에 무리가 간 모양이었다. 확실히 주사의 약발이 다한 듯했다. 손목까지 통증이 와서 카메라 잡은 손을 좀 떨었는데 비싼 카메라라서 그런지 작은 떨림 정도는 자동으로 보정해 주는 기능이 있어 다행이었다. 선배는 그동안 차에서 쉬고 있었다. 혹시나 내가 촬영한 게 맘에 들지 않는다고 하면 어쩌나 걱정이 앞섰다. 차에 도착해 문을 여니 선배는 휴대폰을 하고 있었다. 그는 카메라를 달라고 하더니 내가 찍은 영상을 하나씩 살폈다. 목이 타들어 가는 듯 불안했다.

─이거 찍을 때 트라이포드 수평 제대로 맞춘 거 맞아? 수포가 눈금에 들어오는지 확실히 확인했어?

선배는 이내 눈썹을 구기고는 내게 물었다. 제가 볼 땐 괜찮았는데……. 나의 대답에 그는 언성을 높였다. 눈이 있으면 좀 봐. 그가 가리킨 화면 속 외국인 직원들은 어깨동무를 하며 걷고 있었다. 탁한 하늘에 회색빛 구름이 삐뚤게 흐르고 있었다. 화면이 좀 흔들거리긴 했지만 몰입을 방해할 정도는 아니었다. 하지만 선배는 너무 흔들렸다고, 프리랜서라고 이렇게 대충할 수 있는 거냐고 연달아 성을 냈다. 더 이상 답할 수 없었다. 정신 차려, 너 견학 온 거 아니고 일하는 거야. 받는 만큼은 뽑아 놓고 가. 여긴 학교 아니야. 그는 카메라를 끄고 내게 던지듯이 밀었다. 그리고 조그만 소리로 덧붙였다. 메인 피사체와 배경 사이의 여백은 20% 정도만 남겨야지 그래야 정보가 빵빵하게 전달되는 법이야. 난 그의 말을 기분 나쁘게 들어서는 안 된다고 생각했다. 내가 잘못한 게 맞고 어떠한 변명도 필요하지 않으니까. 이런 것도 제대로 못 해낸다면, 그토록 하고 싶어 하던 영화를 제대로 할 수 있을 리 없을 테니까. 방정식을 제대로 풀 줄 알아야 함수를, 그다음엔 미적분을 풀 수 있는 거니까. 내 안에 어떤 목소리가 명령을 내리듯 자꾸 내게 소리쳤다. 네가 모자란 게 맞으니까 억울해하지도, 분해하지도 마. 그러자 점점 투지가 생겼다. 이 일을 잘 끝내고 나서 지금 느끼는 감정을 시나리오에 적어야지. 아까 본 그 풍경을 언젠가 미장센으로 활용해야지. 선배가 했던 말들을 잘 정리해서 나중에 디렉팅할 때 써먹어야지. 훔칠 수 있는 건 전부 훔쳐다 섞어서 죄다 내 걸로 바꿔 먹어야지. 난 선배에게 고개를 숙이며 사과했다.

돼지아빠의 차를 타고 적산가옥으로 돌아가는 내내 선배는 휴대폰으로 메시지를 빠르게 주고받기만 했다. 내 휴대폰에는 K에 관한 이야기가 유전 터지듯 쏟아졌다. 걔 벌써 제작사랑 트리트먼트 계약했는데 제작사에서 경험 삼아서 A 감독 아래에서 일해 보라고 넣어 준 거래……. 필요 없어. 안 부러워. 난 내 궤적으로 가는 중이니까. 돼지아빠의 운전이 험했는지 차가 자꾸 흔들렸다.

적산가옥에 도착해 씻은 후 정원 밖으로 나가 강변에서 담배를 피웠다. 얼마 안 있어 선배도 따라 나와 옆에서 피웠다. 선배는 아무렇지 않은 얼굴로 다른 일이 아니라, 촬영 현장에서 일하는 건 행운이라는 말을 했다. 이 경험이 언젠가는 내게 큰 도움이 될 것이라면서 말이다. 좋은 기회 주셔서 감사해요 덕분이죠, 내가 답하자 그는 덧붙였다.

   -다정하지 않아도 돼. 챙길 거만 챙겨. 일터잖아.

  나는 무조건반사처럼 네? 라는 말을 내뱉었다.

   -친구라고 착각하기 좋지. 그런데 일로 만나면 결국 다 그런 사이다.

  나는 틀린 말 안 해, 이 판이 진짜 그래, 그래야 살아남아, 원래 그런 거거든. 그가 강박적으로 말을 잇자 슬슬 의심이 들기 시작했다. 대표의 말처럼 그가 사용하는 언어를 형태소 단위로 해체해서 들여다보고 조립해야 한다고 생각했다. 그래도 설득력이 아예 없진 않다는 결론을 내렸다. 좋은 쪽으로 생각하자. 이 경험으로 성장하면 나는 내 영화를 더 잘 만들 수 있을 것이다. 또 다른 K가 될 수 있을 것이다. 내가 하고 싶은 걸 더 잘할 수 있을 것이다. 이런 말들을 주문처럼 외웠다.

  적산가옥으로 복귀해서는 다 같이 야식으로 라면을 끓여 먹었다. 대표가 응접실 테이블의 상석에 앉고 옆에 돼지아빠가 앉았다. 맞은편에 앉으려는 날 대표가 콕 집어 돼지아빠 옆에 앉으라고 말했다. 어리둥절했지만 선배와 대표는 옅은 웃음을 띠었고 돼지아빠는 발그레 웃었다. 라면이 통 목구멍 안으로 들어가질 않았다. 내일도 바쁘니까 일찍 자자고 말하는 대표 옆에서 선배는 라면을 다 먹고는 물을 숨도 쉬지 않고 한 번에 들이켜고 있었다.

  설거지를 마친 유리 씨의 입술에는 피가 말라붙어 있었다. 가져온 바셀린 다 쓴 거예요? 나의 물음에 그녀는 고무장갑을 털며 답했다. 응접실 테이블에 잠깐 올려놨는데 다음 날 보니까 다 떨어졌더라고요 감독님들이 오다가다 쓰셨나 봐요. 그녀는 하얗게 일어난 입술 각질을 뜯었다. 지들이 사서 쓸 것이지……. 그들이 손가락으로 퍼서 쓴 흔적이 가득한 바셀린 통을 생각하니 불쾌한 느낌이 들었다. 남자들은 전부 각자의 방에 들어가 자고 있었다. 우리는 노트북을 가지고 지하실로 내려가 그날의 촬영본을 백업하고 가편집을 했다. 불필요한 부분들을 잘라 놔 바로 편집할 수 있도록 소스를 다듬는 거였다. 두 명이 나눠서 했음에도 새벽이 되도록 작업은 끝나질 않았다. 가편집이 채 반도 끝나지 않았지만 유리 씨는 지친 기색이었다. 그러더니 확실히 이곳이 건조하긴 하다면서 찔끔 삐져나온 눈물을 훔쳤다.

  ―언니는 어떤 영화 했어요? 수상작 궁금해.

  미약한 벽난로의 불이 유리 씨의 얼굴에 명암을 드리웠고 그녀는 과일맛 캐러멜을 후드 주머니에서 꺼내 입에 넣었다. 사적인 얘기를 나누는 건 처음이어서 경계심이 들었다. 하지만 여기서 회피해 버리면 저 사람은 날 완전히 밀어내지 않을까 싶은 생각이 들었다. 그런 건 또 싫으니까……

―택시 운전이 직업인 여자 주인공이 아빠가 돌아가신 장례식장에서 겪는 이야기예요. 걔가 가장으로서 엄마랑 남동생을 먹여 살려야 하는 압박에 시달리는 거지. 그러다 누군가 그 말을 해요. 수배 중인 남녀 살인마가 근처에서 가끔 목격된다는 소문이 있다고.

―그래서 어떻게 되는 건데요?

유리 씨는 졸음이 달아난 듯 흥미 어린 눈으로 물었다.

―뻔하죠. 입관식 전날 밤에 자기 택시에 누워서 쉬고 있을 때 살인마처럼 보이는 남녀가 그 차를 흔드는 거야. 막 들어오려고. 남녀 살인마는 자기가 챙겨야 하는 엄마랑 남동생을 상징하는 거고, 걔한텐 움직이고 싶은 대로 움직여지는 택시가 안식처인 줄 알았는데, 관이나 다름없었다는 거. 뭐 이런 결말.

내가 별거 아니라는 듯 답하자 유리 씨는 수상할 만하다며 박수를 쳤다. 고마우면서도 쑥스러웠다. 유리 씨도 자기 이야기를 하기 시작했다. 그녀도 영화과를 나왔지만 3학년 때 휴학하고 여기서 1년째 일하는 중이라고 했다. 워낙 어려 보여서 고졸이라고 생각했는데 내 착각이었다.

―실습 수업 때 제가 쓴 시나리오를 보고 교수가 엄청 깠어요.

주제가 나의 이야기였거든요. 그런데 왜 너는 남의 탈을 쓴 이야기를 가져오냐면서 성을 내는 거 있죠. 어이없어 정말.

그녀가 한숨을 쉬었다. 어떤 내용이기에 남의 탈을 썼다는 말을 들었을까? 혹시 유명한 감독의 스타일을 그대로 가져다 쓴 걸까 싶었다.

― 특수 촬영 전대물이었어요. 왜 울트라맨 같은 거 있잖아요. 정부 공인 여성 히어로가 파업하는 얘기였어요. 가사와 생업에 육아, 범죄 소탕까지 하는 데에 지친 그녀가 파업하자 정부는 그녀를 법정에 세우고, 결국 직무유기로 유죄 판결 내린다는 결말이었어요.

사실 같잖은 장르물 하지 말라는 걸 돌려 말한 거겠죠? 유리 씨는 캐러멜을 우물거리면서 꺄르륵 웃었다. 그러고는 주머니에서 인공눈물을 꺼내 넣고는 눈가를 조금 훔쳤다.

― 저도 그런 말 많이 들었어요. 자기 이야기를 할 줄 모르는 사람은 어떤 이야기도 할 수 없다는 말이요. 내 얘기를 해 본 경험이 없는데 뭘 어떻게 하라는 건지.

나도 학교에서 내 이야기부터 하는 법을 배우라는 말을 들은 적이 있다면서 공감하는 척했다. 그러자 그녀는 그 바닥 일찍 뜨길 잘했다며 옅게 웃었다. 사실 그런 건 영화과에서 흔히 겪는 일에 불과했다. 나 또한 겪은 일이었다. 학교를 다니며 쓴 시나리오에는 내가 겪는 괴로움이 전시되어 있기도 했고, 페르소나로 자기연민에 빠진 인물을 만들기도 했고, 스스로를 지키기 위해 공격하는 대사들을 쓰기도 했다. 네 글엔 너 말고는 없구나, 언젠가 이런 소리를 듣고 나서야 다른 이들의 이야기를 할 줄 아는 단계로 넘어갈 수 있었다. 좋은 이야기꾼이 되려면 꼭 거쳐야 하는 작업이었다. 직면하기 힘든 감정과 서사를 꺼내 마주하고 그것을 부수고 다시 조립하는 과정을 거쳐야만 시나리오를 쓸 수 있는 거니까. 창작은 고백으로부터 시작하는 건데 그런 초보적인 것도 해내지 못하는 그녀를 보자니, 아직 어리긴 어리구나 하는 생각이 들었다.

　-그런데 저는 지금도 그 교수 말에 동의 못 해요. 그게 왜 내 이야기가 아니야. 그건 내 이야기예요. 아주 확정적으로. 언젠가 영화도 다시 하고 싶긴 한데, 아직은 돈을 더 벌어야 해요. 이리저리 나갈 데가 많아서. 월세도 내야 하고, 엄마도 돌봐야 하고…….

　유리 씨는 더 이상 말을 잇지 않았다. 20대 초반 혹은 많아야 중반으로 보이는 그녀에게 돈이 나갈 데가 많다니, 엄마를 돌봐야 한다니. 별다른 사정이라도 있는 모양이었다. 그녀는 앞에 있는 장작을 벽난로 안에 던져 넣었다. 화륵. 이글이글. 이런 의성어는 누가 만들었을까? 불꽃은 장작을 씹어 먹으며 타오르는 소리를 냈다. 그 소리만이 지하실을 가득 채웠다. 가만히 일렁이는 불꽃을 쳐다보는 유리 씨는 어떤 물음을 기다리고 있는 거 같았다. 침묵은 오히려 어떤 것과 맹렬히 싸우는 것임을 나는 알고 있었다. 그래서 고민했다. 어떤 일이 있느냐고 물어볼까? 그녀의 대답을 들어 볼까? 어떤 조사를 사용하고 어떤 목적어를 생략하고 어떤 종결 어미로 말끝을 흐리는지 파악해서 그녀와 가까워져 볼까? 그녀를 더 추측해 볼까? 그리고 의심 없는 상냥함을 퍼부어서…… 유대, 라는 걸 해 볼까? 짧은 순간에 수많은 망설임이 스쳤다. 하지만 이내 포기했다. 누군가의 비밀을 알고 났을 때 느껴지는 건, 가까워진 듯하면서도 완전히 멀어져 버린 거 같은 양가적인 불쾌함뿐이니까. 그런 건 가까움이 아니라 오히려 옥죄는 것과 다름없으니까. 그냥 이 정도의 거리인 사이로 남는 게 편할 테니까. 그러자 안심이 됐다. 어차피 돌아올 답은 뻔하겠지. 일을 계속해도 삶이 나아지지 않고 돈은 모이지 않더라, 뭐 이런 말. 그러자 월세가 아니라 전세에 살고 있는 내가, 엄마를 돌봐야 하는 처지도 아닌 내가 다행이라는 생각이 들었다. 전세대출의 금리는 계속 오르고 있지만, 나는 유리 씨처럼 급여가 매달 들어오진 않지만, 그래도 더 나은 삶을 살고 있다고 생각하고 싶었다. 유치한 안도감으로 뜨거운 가슴을 식히고 싶었다.

—울고 싶다.

유리 씨는 캐러멜을 먹고는 껍데기를 불 안에 넣었다. 화염이 잠시 일그러지며 검은 연기를 토해 냈다. 껍데기가 점점 재가 돼 갔다. 그녀는 연기를 한참 보더니 씩씩한 목소리로 고쳐 말했다.

─아니 안 울래요.

연기가 강줄기처럼 일렁거리며 위로 올라갔는데 그중 일부가 찢어져 벽난로 밖으로 나왔다. 오늘은 2층에서 잘래요, 그녀는 침구를 들고 계단을 올랐다. 응접실에서 차를 한잔 타 올까 해서 나도 따라 올라갔다. 나는 응접실로 들어가고 그녀는 계단을 따라 2층으로 올라갔다. 복도를 끼고 계단을 올라가는 그녀의 모습이 불투명한 응접실 유리문에 비쳤다. 유리창에 달라붙어 유리 씨의 형상을 동공으로 쫓았다. 그녀가 올라가는 계단은 불투명한 유리창이 감싸고 있어서 흐릿하게 비추다가 점점 그 모습을 지워 갔다. 눈썹의 떨림이나 입술 근육의 움직임으로 그녀가 어떤 마음인지 알고 싶었는데, 아니 사실 알고 싶지 않았는데, 그렇게 돼 다행이라고 생각했다. 콜라주처럼 수백 개로 조각난 이미지로 그녀가 무수히 찢어져 흐리게 보였다. 불투명한 유리는 뒤뚱거리며 올라가는 그녀를 이내 완전히 지워 버렸다.

나는 지하실로 내려와 그녀 몫이었던 메모리 카드 백업을 마저 마무리했다. 편집 프로그램을 켜 그날 찍은 씨돼지의 영상을 가편집했다. 땅에 끌릴 정도로 거대한 음낭을 끌고 걷는 씨돼지, 그를 묘한 눈빛으로 쳐다보는 암퇘지들……. 선배가 찍은 촬영본이었다. 기분이 묘했다. 가편집을 하다 말고 내 수상작을 올려놓은 유튜브에 다시 들어가 봤다. 조회수는 2천 회, 댓글은 30개로 늘어나 있었다. 어디서 알고리즘을 타기 시작한 건지 조금씩 반응이 오고 있었다. 댓글에는 수상할 만했다, 잠재력이 돋보인다, 이런 신인들에게 기회가 주어져야 한다는 말이 쓰여 있었다. 갑자기 가슴이 뛰고 혈류가 몸 곳곳으로 퍼져 나가는 것만 같았다. 혈관이 전부 느껴질 정도였다. 이런 느낌을 받았던 게 언제더라⋯⋯. 타오르는 마음은 금세 조급함으로 이어졌다. 트리트먼트를 수정하고 싶은 마음이 들었다. 더 나은 글을 써 내면 제작사도 좋아할 테고, 계약을 하면 시나리오 단계로 넘어갈 수 있을 것이니까⋯⋯. 온몸을 뚫고 솟아오르는 이 에너지는 잠깐 머무는 활기가 아니고 스태미나일 것이라는 확신이 들었다. 그렇게 터치 패드를 힘차게 눌러 유튜브 페이지를 끄고 수정하고 있던 트리트먼트 문서 파일을 켰다. 트리트먼트를 보는 건 압해에 내려오고 나서 처음이었다. 어서 써야지. 내가 어디까지 생각해 놨더라? 내가 어떤 메모를 해 놨었지? 어떻게 고치기로 했더라!

하지만 트리트먼트에는 처음 본 낯선 문장들만 가득했다. 어딘가 익숙하긴 한데, 분명 쓴 기억이 없는 문장들뿐이었다. 대표가 말한 대로 형태소 단위로 트리트먼트를 뜯어 보니 더욱 엉망이었다. 플롯이 이렇게 단순하다고? 내가 이 인물에게 이런 대사를 줬다고? 감정선이 이렇게 납작했다고? 작품 내내 몰아치던 사건이 이렇게 어이없게 끝난다고? 키보드에 올려놓은 손이 도무지 움직이질 않았다. 그저 깜빡이는 커서를 가만히 보기만 했다. 방금 가진 의욕에 발맞춰 어서 수정을 해야 하는데, 어디서부터 무엇을 어떻게 고쳐야 할지 손을 쓸 수 없었다. 도저히.

　노트북을 닫았다. 어두운 지하실은 낮은 조도의 조명과 벽난로의 빛 말고는 아무것도 없었다. 지하실의 따뜻한 공기가 답답해 담배나 피울 겸 바람이나 쐴까 했다. 담배는 2층에 둔 가방에 있었다. 선배에게 챙겨 줄 물 한 병과 함께. 2층 계단을 오르자 괘종시계가 뭉툭한 소리를 내며 4시임을 알렸다. 2층에 올라가니 유리 씨가 누워 있었다. 잠에 든 거 같았다. 잠들어 있는 유리 씨의 모습을 보니 또다시 알지 못할 안정감이 들었다. 적어도 난 하기 싫은 걸 하고 있지는 않으니까. 이건 그냥 돈벌이일 뿐이고 난 언제든 내가 하고픈 것에 매진할 수 있으니까. 정말 다행이다. 그래도 나를 착취하는 게 남이 아니라 나니까. 나를 착취하는 게 스스로의 선택으로서 진행 중이라는 게 큰 위로가 됐다. 난 내가 스스로 해내고 있다, 잘하고 있다. 난 언제든지 마음만 먹으면 그만둘 수 있다. 나는 가능하다. 무언가를 부양해야 하는 것처럼 보이는 유리 씨와는 다르다. 난 선택할 수 있다. 그럴 수 있다. 정말로. 언제든. 내가 원하기만 한다면.

　창밖에는 밤빛에 파묻힌 거미줄 사이로 밤이슬이 맺혀 있었다. 거미는 아래쪽에 자리를 잡고 잠들어 있었다. 어쩌면 죽은 것일지도 몰랐다. 검정색 후드를 뒤집어쓴 유리 씨도 쓰러진 듯 자고 있었다. 숨소리도 없이.

*

촬영 2주 차쯤 되니 많은 것이 고장 났다. 가장 먼저 내 몸이 고장 났다. 목디스크의 통증이 다시 도져 도저히 앉아 있을 수도 누워 있을 수도 없었다. 유리 씨는 엄청 먹어 댄 때문인지 내내 소화가 잘 안 돼 답답해했다. 건지 선배는 건조한 날씨 탓인지 눈이 너무 뻑뻑하다며 인공눈물을 달고 살았는데도 항상 눈이 붉게 충혈돼 있었다. 노트북은 외장하드를 인식하지 못하기 시작했고 마이크는 수음기와의 연결이 버벅댔다. 적산가옥에 온기와 온수를 불어 넣던 LPG 가스통을 연결하는 호스도 헐거워졌는지 가스가 새 버려 아예 버릴 수밖에 없었다. 그 때문에 2주 차 때부턴 냉수로 샤워해야만 했다. 하지만 카메라만은, 도저히 카메라는 고장 나지 않았다. 렌즈를 뱉는 일도 없었고 렌즈가 빛을 모으지 못하고 뻗어 버리는 일도 없었다. 모든 것이 전부 고장 나는데도 카메라만은 온전하다는 것이 다행이면서도 어이없기도 하고 괘씸하기도 하고 그랬다.

매일 무거운 촬영 기기를 들었기 때문인지, 날갯죽지를 찢어 버리는 듯한 목디스크의 통증이 심해져 병원을 꼭 가야만 했다. 아침 촬영을 나가기 전에 선배에게 허락을 맡아 잠시 읍내에 있는 병원에 들러야 했다. 그래서 그간 해 온 가편집을 그에게 보여 줬다. 성실한 업무 처리의 증표를 병원 방문 허가와 맞바꾸려고 한 것이었다. 선배는 테이블 상석에 앉아 젖은 머리를 수건으로 털면서 가편집본을 봤다. 테이블에서 시리얼을 먹고 있던 유리 씨도 놀란 눈으로 같이 봤다. 선배는 돼지아빠가 자기 축사를 너무 자랑하듯 말한다며, 돼지아빠만의 특별한 스토리를 만들어야 한다고 했다. 왜 동물 복지 농장을 하게 됐는지, 다른 축사와 다른 점이 무엇이고 얼마나 돼지들을 사랑하는지.

—연출은 감성이 아니야. 이성을 이용해서 목적과 목표에 따라 정교하게 짜맞춰야 하는 거야.

선배는 가편집본을 손수 손봤다. 외국인 직원들끼리 어깨동무하고 걷는 파트를 좀 더 살려 주겠다면서 내가 편집한 트랙 위에 그 영상을 다른 트랙에 복사했다. 이런 식으로 강조를 해야 감질난다니까. 트랙 위로 그 영상이 몇 개는 더 복사됐다가 사라졌다. 신이 난 건지 화난 건지 모르는 선배가 키보드와 마우스 커서를 누를 때마다 내 목소리가 재생됐다가 끊겼다 했다. NG …… 다시 걸어요 …… 제대로 좀 …… 저기요 …… 못 해요?

시리얼을 오물거리며 우리를 보던 유리 씨는 입맛이 떨어졌는지 대부분을 남겼다. 나는 잠시 화장실에 갔다. 유리 안에 비친 내 모습이 초췌해 보였다. 눈이 퀭했고 다크서클은 한참 내려와 있었다. 머리는 왜 이렇게 또 푸석하지. 거울을 보고 싶지 않았다. 화장실을 나오니 유리문이 닫힌 응접실 안에 유리 씨와 선배가 보였다. 갇혀 있는 듯 보여 괜히 숨이 막혀 왔다. 그럼에도 나는 적당히 병원에 잠시 다녀오면 안 되겠느냐 물었다. 목디스크 때문에 어깨 통증이 심해서 서 있기도 힘들다는 말을 하자, 선배는 곤란한 기색을 보였다. 그러다 자기가 대표에게 물어보겠다며 대표 방에 들어갔다. 이내 선배와 방에서 함께 나온 대표는 내게 법인카드를 줄 테니 진료를 다 받고 나면 읍내에 있는 '압해 참식당'에서 점심밥을 포장해 오라고 했다. 1인당 8,000원이라는 식대 한도가 있으면서 유세 떨기는. 은근한 생색이 묻어 있는 그의 태도가 재수 없게 느껴졌지만, 병원을 다녀올 수 있다는 것이 감사할 뿐이었다. 응접실의 괘종시계는 아침 9시를 알렸고 거대한 시곗바늘의 움직임에 따라 다들 바쁘게 움직이기 시작했다.

    회사 차를 끌고 적산가옥을 나와 읍내의 의료원에서 엑스레이를 찍었다. 서울에서 했던 검사와 같았다. 반 은발의 의사는 디스크 치료를 받고 있느냐 물었다. 서울에서 신경 주사 치료를 한 번 받았고 여기서 출장 중이라고 말하니 그는 걱정 어린 목소리로 말했다.

―이렇게 석회화된 뼈는 오랜만에 보네. 이 정도면 서 있을 때도 아프지 않아요?

　참을 수 있는 극한까지 참다가 겨우 왔어요. 나의 대답에 의사는 껄껄대며 웃었다. 젊어서 그런가, 자꾸 참으면 병 키우는 거예요. 주사실로 가 신경 주사를 맞았다. 의사는 목 곳곳에 소독약을 비빈 후에 주사 바늘을 깊이 찔러 넣었다. 아프면 말해요 조금 뼈근할 겁니다. 소독약 한 방울이 목덜미를 타고 가슴으로 흘러내렸다. 가슴에 얼음이라도 가져다 댄 듯 서늘해 소름이 돋았다. 주사 여섯 대를 더 맞고 나서야 치료는 끝났다.

　―석회화된 뼈는 더 까다로워요. 일주일에 두 번은 오셔서 신경 주사를 맞으셔야 되는데…….

　의사는 단단하게 석회화된 뼈를 물렁하게 만들어야 한다고 했다. 그래야 신경을 건드리지 않고 온몸을 가르는 고통을 없앨 수 있다고. 그러니까 아무리 단단한 것도 결국엔 녹을 수 있다는 것이고, 꼭 그래야만 한다는 거였다. 수납처로 나가 결제를 하려는데 로비에 익숙한 바흐의 음악이 흘러나오고 있었다. 제목은…… 사랑하는 하나님이시여, 저는 언제 죽나이까?

　대표가 일러 준 식당은 읍내 한복판에 있었다. 젊은 사람들은 거의 보이질 않았지만 사람들이 많았다. 완전 시골인 줄만 알았는데 읍내는 꽤나 가게가 많았다. 적산가옥 쪽이 정말 깊긴 깊구나······. 주차할 데가 없어 갓길에 세우고 가게에 들어가 주문을 했다. 휴대폰엔 직원들이 고른 메뉴가 메시지로 와 있었다.

직원들의 메뉴 선택은 각자 달랐다. 김치찌개나 제육볶음, 된장찌개와 돼지불백, 비빔밥 등······ 많은 양을 포장 주문하니 사장은 짐짓 놀랐다. 나의 말씨를 듣고는 서울에서 단체로 놀러 왔냐며 물었다. 탐진강 쪽에 있는 적산가옥으로 다큐 촬영을 왔다고 하니 사장은 고개를 갸우뚱하며 말했다.

— 주말마다 성당에 부지런히 나오는 그 청년 축사 말하는 거구나. 우리가 거기서 고기 받아다 쓴단마시.

그 축사가 스마트 동물 복지 농장이잖아요 그래서 다큐멘터리로 찍는 거예요. 내가 답하자 옆에서 혼자 생선구이를 먹고 있던 중년의 남자가 실소를 터뜨리며 말했다.

— 동물 복지는 무슨. 염병 말만 그렇게 하는 거여. 스톨케이지 안 쓰는 돼지우리 봤어? 그거 그냥 고깃값 올려 받을라고 쇼하는 거랑께.

사장은 호호호 하고 웃었다. 그래도 거기 고기가 맛있긴 해 청년이 잘생겼는데 싹싹하고. 나는 뭐라 더 할 말이 없어 카드를 내밀며 결제했다. 출력되는 영수증을 받자마자 대표에게 전화가 왔다. 식대가 좀 남았으니 커피도 사 오라는 거였다. 든든하게 먹고 열심히 일하라고 사 주는 거야앙, 수화기 너머로 대표가 말했다.

대표님께 박수! 멀리서 건지 선배의 목소리도 들렸다.

─그래도 거기가 외져서 그런지 물도 좋고 공기도 좋아. 압해에서 30년 살았는데 거기만큼 예쁜 곳 못 봤제. 괜히 6.25 때 북한군이 못 들어온 게 아니라니까.

사장이 일회용기에 담긴 음식을 포장하며 말했다. 적산가옥 쪽이 한국전쟁 때 적의 공습을 받지 않았다고? 그게 가능한 일인가?

─북한 해군은 남해안까지 내려올 전력이 없었고 육군도 압해 땅은 전략지로 보지 않았던 모양이어. 한국전쟁이 끝날 때까지 전쟁이 발발한지도 몰랐던 동네가 몇 곳 있는디, 거기도 진배없제.

생선구이를 다 먹은 중년 남성이 젓가락을 내려놓으며 말했다. 그리 넓지 않은 강에 심지어 산으로 둘러싸여 있으니 충분히 그럴 수 있겠다 싶었다. 그는 신난 듯 나와 식당 사장을 번갈아 보며 압해에 대해서 말했다. 그에 말에 따르면 탐라국은 복속되지 않으려 본토의 강대국들을 섬겼다. 백제와 신라, 고려까지. 본토에 멸망과 탄생이 반복될 때에도 공물을 바치며 생존했다. 강국에 스스로를 떼어 주며 버텼다. 자신을 잃지 않기 위해 자신의 일부를 떼어서 주는 것. 그것 말고는 그들이 할 수 있는 것은 없었겠지. 탐라국의 사신은 타고 온 배를 강 나루터에 뒀는데 그때부터 그 강은 탐진강이라 불렸다고 한다. 하지만 당연하게도 탐라국은 복속되었다. 저항은 없거나 미약했다.

— 바다에 떠 있던 그 조그마한 나라가 살려고 백방 노력을 했는데 결국 없어진 거야. 왜 이 강이 탐진강이 됐겠어.

　포장된 음식을 받고 근처 카페에 들러 커피를 샀다. 커피를 기다리는 동안 탐진이 왜 탐진이 됐는지 말하던 그의 말이 자꾸만 떠올랐다. 복속되지 않기 위해서 자신의 일부를 바치러 가는 사신의 마음은 어땠을까, 시나리오로 한번 써 볼까 하는 생각이 들었다. 인터넷에 검색해 보니 우산국과 류큐국, 대마도도 비슷한 역사를 가지고 있었다. 복속되지 않으려 적의 공간을 향해 떠나는 이의 마음은 무엇일까? 자꾸만 상상하고 싶어졌다. 결국 복속되고 마는 결과지만 복속된 자와 복속되지 않으려는 자 중에 선악이란 게 분명하게 있는 걸까, 아니면 그저 전략적 선택의 결과일까 하는 생각이 들었다. 그러자 이걸 한 편의 시나리오로 써야만 한다는 확신이 들었다.

　커피를 받아 들고 카페를 나오니 날씨가 여전히 흐렸다. 구름이 잔뜩 끼고 바람이 세차게 부는 날이 계속되고 있었다. 적산가옥으로 돌아가는 길에 라디오에서는 건조특보가 내려졌다는 소식이 들렸다.

　[전국적으로 흐린 가운데 건조특보가 발효되었습니다. 화재 위험이 없도록 각별히 주의하셔야겠습니다. 바람은 여전히 세차게 불어 남해안을 중심으로 강풍특보도 있습니다.]

적산가옥에 도착하니 돼지아빠까지 포함해 모두가 응접실에 모여 있었는데, 외국인 직원들은 없었다. 생각해 보니 외국인 직원들의 밥은 주문도 받질 않았었다. 그들은 따로 먹는 듯했다. 돼지아빠는 상석에 앉은 대표 옆에 앉아 있었다. 포장한 밥을 내려놓고 건너편에 앉으려고 하니 대표가 이리 앉아요옹, 하며 돼지아빠 옆을 가리켰다. 촬영감독과 음향감독이 의미심장한 미소를 지었다. 돼지아빠는 말없이 밥이 담긴 일회용기 뚜껑을 떼기만 했다.

—근데 내 밥은 어딨어엉?

테이블 상석에 앉아 있던 대표가 말했다. 자신이 돼지불백을 시켰는데 없다는 것이었다. 순간 가슴이 철렁했다. 주문할 때 내가 실수로 누락한 것이었다. 어쩔 줄 몰라 하는 나를 보고 대표는 눈을 가늘게 뜨며 말했다.

—아니 대체 무슨 생각을 하고 다니길래 이거 하나 제대로 못해? 일 좀 꼼꼼히 하라는 말을 얼마나 더 해야 돼? 이 현장이 우스워?

대표가 일어나 테이블을 주먹으로 두드리며 말했다. 응접실 유리창에 고개를 숙인 채 서 있는 나와 열심히 화를 내고 있는 그, 다리를 꼬고 앉아 있는 선배의 모습이 비쳤다.

—가만 보면 기 감독은 정말 사람이 헐거워. 이렇게 간단한 일도 제대로 못 해앵? 내가 항상 말했지. 업무 계획과 시간을 형태소

처럼 가장 짧은 단위로 끊어서 쓰면 이런 일이 없다니까앙? 도대체 언제 성장할래 언제.

자기가 막내일 땐 이런 잔실수는 거의 없었다고. 지금보다 훨씬 극한 환경이었지만 버티면서 오히려 선배들에게 달라붙어서 일 좀 더 가르쳐 달라고 부탁했었다고. 자기가 그렇게 일 중독이었다고. 대표는 자신이 고통받고 고생한 걸 훈장처럼 전시했다. 그런데 자기처럼 일하는 사람이 이 중엔 없다고 했다. 정신 차려요 응? 정신 차려. 내가 말했잖아 형태소로 계획을 짜고 시간을 쓰면 이런 일이 없다고. 그가 모두를 둘러보며 말했다. 그의 언성이 점점 높아지자 전부 식사를 하지 못한 채 눈치만 봤다. 어떻게 이런 어이없는 실수를 할 수가 있지. 나의 바보 같은 실수 때문에 분위기가 엉망이 되고 모두가 불편해진다는 게 못 견디게 괴로웠다. 나는 왜 이런 것도 제대로 못 하는 거지. 난 여기서 대체 무얼 하고 있지. 난 뭐지. 난 뭘 할 줄 아는 사람이지. 내 쓸모는 뭐지.

— 나연아. 너는 이게 짜쳐?

선배가 고개를 들어 인공눈물을 눈에 넣고 고개를 아래로 숙이며 말했다. 그의 목소리가 나긋하게 울렸다. 그가 인공눈물로 촉촉해진 눈으로 눈썹을 찌푸린 채 나를 쳐다봤다. 벌거벗겨진 기분이란 게 이런 건가. 얼굴 피부가 따갑도록 화끈거렸다. 선배가 말하니 대표는 더 이상 말을 잇지 않았다. 들킨 걸까. 나는 이런 거 안

하면서 살 사람이니까 괜찮다고⋯⋯ 하는 나만의 위로 방법을 들킨 거냐고. 어떻게 알았지. 선배는 대체 어떻게 날 추리한 거야.

ー아따 그냥 내 거 묵어. 제육볶음이나 불백이나 거기서 거기 아니대.

돼지아빠가 대표의 어깨를 잡으며 말했다. 그는 이어서 빨리 식사들 하자며 부추겼고 그제야 다들 밥을 먹기 시작했다. 돼지아빠는 아침을 든든히 먹어서 괜찮다며 잠시 축사에 갔다 오겠다고 했다. 나는 내 몫의 비빔밥을 몇 숟갈 뜨지 못했다. 차에 두고 온 게 있다고 괜스레 말하고는 밖으로 나가자, 정원에서 담배를 피우던 돼지아빠와 마주쳤다. 그는 나를 보고 같이 산책이나 하자고 했다. 정원을 나와 강변을 따라 걷다가 그는 주머니 속에서 스타벅스 캔커피를 건네며 말했다.

ー형이 일할 땐 좀 예민해서 그려요. 워낙 완벽주의인 양반이라.

커피는 따뜻했다. 생각해 보니 성격이 좆같은 거랑 완벽주의인 거랑 좀 다르네. 돼지아빠는 담배꽁초를 강변에 버리며 웃었다. 그는 친형이지만 거지 같을 때가 한두 번이 아니라면서, 자기에겐 형 욕을 실컷 해도 된다고 말했다. 아녜요 제가 잘못한 게 맞는걸요. 나의 대답에 돼지아빠는 옅게 웃으며 어색한 서울말을 구사했다.

ー그래도 형은 대단한 사람이에요. 이런 시골에서 열심히 공부

해서 서울로 대학 가고, 회사를 차려서 이렇게 성공하고……. 어렸을 땐 열등감도 느낀 적도 있었지만…… 그런데 이젠 인정할 건 하고 내 길을 가자는 입장이랄까? 난 내가 잘하는 분야에서 성공해서 보여 주겠다 이런 생각이에요.

강에 놓여 있는 다리에 다다랐고 우린 다리를 건넜다. 멀리 외국인 직원들이 사는 숙소가 보였다. 다리 중간 즈음을 건널 때 그는 내가 영화를 한다는 걸 기억하고 있다며, 자기 꿈을 위해서 이렇게 노력하는 모습이 멋지다고 말했다. 그러고는 옅게 웃었다. 기 감독님과 저는 어떤 면에서는 비슷할지도 모르겠어요. 어떠한 지겨움이 몰려왔지만 나는 입꼬리를 들어 올리며, 젊은 나이에 큰 축사도 운영하시는데 이미 성공하신 거라고 답했다. 그러자 돼지아빠는 성공하기엔 멀었다고, 나락에서 겨우 한 단계 올라온 것뿐이라고 했다.

―4년 전에 돼지들을 도폐사시켰던 적이 있었지라.

―도폐사요?

처음 듣는 단어라 나도 모르게 그의 단어를 따라 말했다.

―도태라는 게 있어요. 농장주가 자기 돼지를 죽이는 걸 도태라고 해요.

그는 두 손을 들고 내 머리 크기에 맞춰 벌리더니 말을 이었다.

―요만한 쇠망치로 돼지들 안락사를 시켰어요. 대가리 정중앙

을 때렸지요. 애들이 고통을 느끼기도 전에 죽거든요 그러면. 잘 죽었나 혹시 살아 있으면 안 되니까 조금이라도 꿈틀대는 거 같으면 가서 확인 사살도 하고요. 새끼돼지들까지 전부.

영사기를 튼 것처럼 끔찍한 장면이 내 머리 속에 재생됐고 나도 모르게 두 손을 입에 가져가 댔다.

- 징그럽지라?
- 아니에요. 얼마나 더 괴로우셨겠어요. 열심히 일해서 키운 돼지들인데…….

내가 말하자 그는 옅은 웃음을 띠며 답했다.

- 저 그날 징하게도 울었어요. 참말로 지금도 그날처럼 울어 본 적이 없어요. 왜 난 안 될까. 왜 또 실패지. 왜 난 겨우 이 정도지.

그의 걸음이 조금 늦어졌다.

- 꿈도 꿨당께요. 살처분한 돼지들이 땅속에서 막 우는 꿈을. 떼를 지어서. 우리 집 앞에 탐진강이 돼지 침출수로 벌겋게 변하고, 결국 범람해서 우리 집 1층까지 피가 가득 찼죠. 나는 2층에 고립돼 있고. 그런데 그 침출수가 내 목까지 차서 결국엔 숨도 못 쉬고 익사해 죽는 꿈. 꿈에서 깰 때 숨을 엄청 들이켜면서 깼어요, 진짜로.

그는 울 듯 안 울 듯 한 목소리였는데, 의도적으로 밝고 우렁찬 목소리를 유지하려고 애쓰는 거 같았다.

- 복수구나, 싶었어요. 내가 제대로 못 돌봐서 자식 같은 돼

지들이 하는 복수. 그땐 정말 외노자 동생들한테 줄 임금도 없어서 또 형한테 돈을 빌렸거든요. 얼마나 수치스럽던지. 치욕스럽고……. 그런데 이젠 알아요.

돼지아빠가 잠시 멈추고 나를 바라봤다.

–치욕감을 느끼지 않고는 살 방법이 없더라고요. 너무 늦게 안 거제……. 아빠랑 형 밑에서 화초처럼 자라가지고…….

다리를 다 건너고 산중에 둘러싸인 외국인 직원 숙소에 도착했다. 그들은 집 밖에 있는 낮은 평상에 김치와 콩나물, 멸치와 같은 반찬에 밥을 먹고 있었다. 돼지아빠는 화장실 좀 갔다 오겠다며 외국인 직원 숙소 안으로 들어갔고 나는 모리스에게 다가가 말했다. 저번에 강변에서 촬영할 때 다그치고 모진 말 해서 미안하다고. 그러자 모리스와 직원들은 괜찮다면서 나를 올려다보며 웃었다. 앉아 있는 그들이 웃으며 몸을 움직이자 나무로 만들어진 평상이 끼이익 하고 울었다. 내내 마음에 걸렸는데 대표한테 깨지고 나서야 이런 말을 하는 내가 좀 한심했다. 그래도 그들이 괜찮다고 하니 기분이 한결 나아졌다.

가벼워진 기분으로 돼지아빠와 다리를 건너 다시 적산가옥 쪽으로 향했다. 정원에 다다를 즈음 걸음을 멈추고 그가 말했다.

–나중에 저 서울 가면, 차라도 한잔 같이 할랑가요?

난 그의 갈색 피부에 맺혀 반짝이는 땀방울을 아무런 생각 없이 바라보았다. 그는 대답 없이 자신을 보는 시선이 신경 쓰였는지, 담배를 꺼내 불을 붙였다. 그가 담배를 빨자 벌건 담뱃불이 힘을 내듯 담배를 힘껏 태웠다. 담배 연기가 나를 훑고 지나갈 때는 잠시 시야가 흐려졌다. 돼지아빠가 다시 나를 바라봤다.

— 난 기 감독님 같은 사람이 좋아요. 어려운 환경에서도 강한 의지를 잃지 않고 애쓰면서 사는 사람. 그런 안간힘을 가진 사람이 좋아요. 나까지 힘이 나거든. 잃지 마요 그 안간힘. 계속 영감을 줘요 나에게.

돼지아빠는 어색한 표준어를 끝까지 잃지 않으며 말했다. 난 온몸의 혈관에서 피가 빠져나가기라도 한 듯 몸이 차가워지고 맥이 탁 풀리는 기분이었다. 갑자기 눈물이 났다. 돼지아빠는 우는 나를 보고는 잠깐 놀라더니 담배를 버리고 나를 껴안았다. 답답하고 불편했다. 괜찮아요. 내가 말하고 나서야 그는 포옹을 풀었다. 그러고는 잠시 머뭇거리더니 말했다.

— 어쩜 손이 이렇게……

돼지아빠는 내 손을 보고는 흐드러진 눈빛을 지었다. 손을 당장에라도 주머니에 넣고 싶었지만 그가 멋쩍지 않으려나 하는 본능적인 배려심에 그러지 못했다. 다행히도 그가 내 손을 만지지는 않았고 대신 적산가옥을 형에게서 곧 매입할 거라고 말했다. 그러고는 나를 보면서, 영화 준비할 거면 공기 좋고 물 좋은 압해에서 편하게 하는 것도 나쁘지 않을 거라고 말하고는 생긋 웃었다. 강물에서 반사된 햇빛이 그의 얼굴에 명암을 만들고 있었다. 쌍꺼풀 없는 눈두덩이가 어두워지며 그가 환하게 웃었다. 빛 몇 점이 내 안구에 남아 눈을 부시게 했다. 실로 오랜만에 해가 뜨는 날이었는데, 머리털을 잡고 있는 모근의 피로가 느껴질 정도로 갑작스런 피로감이 몰려왔다.

─차 타고 바다에 가서 바람이라도 좀 쐴까요? 겨울 바다가 정말 예쁘거든요.

또 한쪽만 빛이 비쳤다. 돼지아빠의 선홍빛 입술과 햇빛에 반짝이는 갈색 눈동자를 품은 눈이 각각 상현달과 하현달 모양으로 찢어졌다. 난 촬영 준비를 해야 한다면서 그가 불편함을 느끼지 않게끔 거절했다.

적산가옥에 도착해 지하실로 내려갔다. 촬영까지는 한 시간이 남아 있어서 유리 씨와 수다나 떨 생각이었다. 지하실은 적산가옥의 가장 아래에 있었지만 포근했다. 압해의 풍경을 내려다볼 수 있는 2층이 오히려 부담스럽고 불편했다. 지하실에 가서 침구에 누워 그녀와 시시한 농담이나 하면서 기분을 좀 풀고 싶었다. 하지만 지하실에 내려가자, 대표가 테이블 앞에 앉아 있었다. 그는 자기 노트북을 보고 있었다. 그의 옆엔 나와 유리 씨가 쓰던 침구류가 널브러져 있었다. 여긴 어쩐 일이세요? 내가 묻자 그가 말했다.

─뭘 어쩐 일이야. 나 그동안 오후 내내 여기서 일했는데엥. 원래 여기가 서재잖아. 막내랑 기 감독은 밤에만 쓴다며?

그날 밤부터 나와 유리 씨는 2층 다락에서 잤다. 돼지아빠가 전기장판을 가져다줬다. 그럼에도 2층은 여전히 추웠다.

*

촬영 3주 차 막바지였다. 그날은 구름이 적어 햇빛이 충분했다. 일촬표에 적힌 일정 중에서도 가장 중요한 장면이 있는 날이었다. 개월 수는 높은데 도무지 80kg까지 찌지 않는 94번 돼지를 정성 들여 관리하는 모습을 찍어야 했다. 돼지아빠가 동물을 존중하며 축사를 운영한다는 그의 가치관과 양돈 철학을 보여 줄 수 있는 부분이었다. 너무 느끼하거나 뻔하게 흘러가지 않도록 무드를 잘 조절해야 했기 때문에 여간 까다로운 게 아니었다. 포유돈사에 있는 94번 돼지는 발정기가 지나도록 씨돼지에게 반응을 보이지 않아 인공 수정을 한 이력이 있었다. 게다가 새끼돼지들을 낳고는 두 마리를 깔아뭉개 죽인 적이 있어 문제적인 돼지였다. 그런 94번을 위해 귀리와 인삼, 녹차를 직접 삶아 사료와 혼합한 특식을 먹이는 일을 하기로 돼지아빠와 합의돼 있었다. 아침부터 일어나 돼지를 위해 부지런히 움직이는 그의 모습을 담으려 스태프들은 훨씬 빠르게 움직여야 했다. 물론 나는 선배보다 더 일찍 일어나 기기를 세팅하고 차에 히터를 틀어 데워 놓고 물과 휴지 등을 백팩에 챙겨 놨다.

축사로 가는 길 선배는 운전하며 말했다.

― 어제 자기 전에 유튜브를 봤거든. 알고리즘에 네 수상작이 뜨더라. 괜찮던데.

나를 또 들킨 거 같아 괜한 긴장감이 들었다. 이런 식으로 들키고 싶지 않았는데. 특히 선배에게는……. 한동안 침묵이 길어졌다.

― 무섭진 않니? 난 당선됐을 때, 너무 무서웠거든.

네? 생각도 하기 전에 먼저 말이 나왔다.

― 아니면 좋은 거야.

어떤 말을 하든지 이상하게 들릴 거 같아 말을 하지 않았다. 누구에게? 내게든 선배에게든. 하지만 이대로 입 다물고 가는 게 왠지 그에게 지는 것만 같아서, 적당한 말을 했다.

― 선배 수상작 보고 배운 거죠. 그때 선배는 우리한테 우상이었어요.

그때라는 말이 혹시 그를 거슬리게 하는 건 아닐까, 아차 싶은 순간 선배가 공기 가득한 목소리로 답했다.

― 넌 아직도 무언가를 숭배하니? 그거 아주 나쁜 짓인데.

─ 선배, K 소식 들으셨죠? 걔 A 감독 아래에서 일하게 됐잖아요. 저는 K가 부러워요. 제가 이렇게 돈 벌려고 일하고 있는 동안에 걔는 나를 제치고 앞지르고 있는 거 같아서요.

나도 모르게 어떠한 가면도 쓰지 않고 말했다.

─ 무슨 기분인지 알아. 나도 처음 이 회사에서 일 시작했을 때 일하는 동안 보고 들은 걸 어떻게든 시나리오로 변환시키려고 했어. 그래서 일하면서 떠오르는 것들을 음성으로 메모했어. 쓰는 순간에도 휘발되는 것들이 있을까 봐 무서웠거든. 내 걸 잃어버릴까 봐.

─ 그래서 시나리오에 녹여 내셨어요?

─ 아니. 시나리오를 쓰려고 앉았을 때, 그간 녹음한 걸 다시 들어 봤는데 무슨 말인지 도통 알 수가 없더라. 음성 메모할 때의 나와 그걸 다시 열어 볼 때의 내가 전혀 다른 사람인 것처럼 느껴졌어. 시간이 많이 흐른 것도 아닌데, 그때의 난 어떤 생각으로 이걸 기록했을까 싶더라. 그때를 복원하려고 하니까 오히려 지워지는 느낌. 내가 나랑 다른 느낌. 그냥 그랬어. 내가 이 일을 한 게 5년 짼데, 단 한 편도 못 썼어. 말이 되니? 5년 동안 시나리오다운 걸 한 편도 못 썼다는 게.

아무런 표정 변화도 없이 말하는 그가 핸들을 틀자 멀리 축사가 보이기 시작했다.

― 그래서 차라리 돈이라도 제대로 벌자고 생각했어. 그때부터 내 주관을 없애고 적당히 대표 비위 맞춰 주면서 살았어. 의외로 금방 익숙해지더라. 다시 영화로 안 돌아가도 난 적당히 먹고살겠구나 하는 생각이 막 드는 거야. 꿈에 대한 애정이 겨우 이 정도였으면 진작 그만두는 게 맞는 거 아닌가 싶기도 하고……. 영화를 최대한 멀리하려고 해도, 너무 좋은 영화를 꼭 볼 때가 있잖아. 그런 영화를 보고 나면 눈물이 났다. 내가 포기한 걸 누군가는 꾸역꾸역 해내고 있다는 게 슬펐나 보지. 막 온 세상이 깜깜해지는 거 같더라고. 나도 저럴 수 있었는데. 나도 저런 영화 만들 수 있었는데…….

그만, 더 이상은 그만 말했으면 좋겠다고 생각했다. 그가 쏟아 내는 감정들에 내가 휩쓸리고 있다고 생각했다. 도대체 무슨 목적으로 이런 말을 내게 하는 거야. 갑자기 나한테 왜 이러는 거야. 그럼 지금껏 나한텐 왜 그런 건데. 나를 당신과 같은 처지로 만들려고? 선배의 모습은 분명 자의식에 사로잡힌 모습이었다. 나를 위해 하는 말이 아니라, 그냥 자기가 털어 내고 싶어서 하는 그런 말. 그게 고까웠다. 물론 압해에 있는 내내 나 또한 다르지 않았던 거 같지만…… 그래도 남에게 털어 내진 않았으니까. 난 유리 씨에게도 털어 내지 않았고 유리 씨도 내게 그러지 않았으니까. 그런데 당신은 뭔데 이렇게 갑자기. 뭘 원하는 거야. 핸들을 잡은 채 하고 싶은 말을 하는 그에 비해 조수석에 앉은 내 좌석은 하염없이 꺼지는 기분이었다.

　-아무것도 숭배하지 마. 우리 같은 사람은 숭배하는 순간, 스스로를 못 믿게 돼.

　먼저 도착한 돼지아빠를 따라 포유돈사에 들어가 보니 94번 돼지는 스톨케이지 안에 무기력하게 누워 있었다. 옆 칸에는 새끼돼지들이 생기 넘치게 이리저리 달리고 자기들끼리 부닥치며 놀고 있었다. 새끼를 깔아 죽인 이력이 있는 암퇘지는 스톨케이지에 넣어 둘 수밖에 없다고 했다. 돼지아빠가 94번 돼지를 스톨케이지에서 풀어 새끼들이 있는 우리로 옮기자 새끼들은 94번에게 달려들어 그의 젖을 열심히 빨았다. 94번은 스톨케이지에 있을 때와 다름없는 자세로 누워 젖을 물렸다. 어딘가에 맞춰진 듯 그게 익숙한 듯한 자세였다. 돼지아빠는 94번 돼지의 등을 쓰다듬고 옆구리와 골반 부분을 착착 소리 나게 두드렸다. 그리고 그릇에 떠 온 특식을 들고는 먹였다. 멘트! 멘트! 선배는 말없이 입모양으로 돼지아빠에게 말했다.

　-많이 먹어야 아빠가 기쁘지.

　돼지아빠는 94번의 머리를 쓰다듬기도 하고 코를 만져 주기도 하며 의식적인 멘트를 쳤다. 컷을 끝내고 다음 컷을 따기 위해 우린 쭈그려 앉아 카메라와 기기를 정비했다. 그런데 얼마 안 가 안 돼! 하는 돼지아빠의 고성에, 나와 선배는 고개를 들어 앞을 봤다. 우리 문이 열린 틈을 비집고 94번이 탈출한 것이었다. 94번은 새끼돼지가 있는 우리를 뛰쳐나가 달리고 있었다. 그러다 건너편 우리에 부닥쳤지만 아랑곳하지 않고 스톨케이지를 지나쳐 축사의 출입문 쪽으로 질주했다. 축사 조명이 어두워 카메라에 잘 담기지 않았기 때문에, 햇빛이 들어오게끔 출입문을 열어 둔 상태였다. 94번 돼지는 우리 사이를 빠르게 질주해 금방 출입문까지 도달했다. 돼지가 저렇게 빠를 수 있나 싶을 정도였다. 돼지아빠는 덩달아 출입문으로 달렸다. 선배는 빠르게 카메라를 켜고 그 장면을 담기 시작했다. 꽁무니가 빠지게 달리는 돼지아빠. 우리를 탈출하려는 돼지. 이 모습은 어디든 넣을 수 있는 재미난 그림이었다.

— 멈춰!

돼지아빠는 다시 한번 크게 소리쳤다. 94번은 이미 출입문을 넘어선 상태였다. 돼지아빠는 빠르게 돼지의 뒤를 쫓아 달렸다. 나와 건지 선배도 따라 달렸다. 허벅지가 뻐근해지는 게 느껴졌다. 그러다 돼지아빠는 사료포대를 밟아 미끄러져 넘어졌다. 발목이 옆으로 크게 휜 채로 넘어졌으니 제대로 접질렸을 것이었다. 그는 눅눅한 흙과 건초 더미가 섞인 바닥의 오물을 머리와 얼굴, 작업복에 잔뜩 뒤집어쓴 채 접질린 오른쪽 발목을 붙잡았다. 우리도 그제서야 멈췄다. 나는 인상을 잔뜩 찌푸린 돼지아빠의 모습을 고스란히 카메라에 담았다. 그러고는 카메라를 들어 돼지를 비췄다. 출입문을 나선 돼지는 햇빛 아래에서 빠르게 달리고 있었다. 난 선배와 돼지아빠를 두고 출입문 바깥으로 나갔다.

그런데 어쩐 일인지 94번 돼지는 얼마 가지 못한 채 가만히 서 있었다. 햇빛 아래에서 고개를 돌려 주변을 살피더니 다리만 헛으로 굴리고 있었다. 이내는 조금씩 뒷걸음질 치다가 축사 건물 쪽으로 돌아왔다. 내가 무섭지도 않은지 나와 멀지 않은 쪽까지 다가왔다. 나는 찍고 있던 카메라를 내렸다. 돼지는 나를 잠시 바라보더니 축사 그늘 안으로 들어가, 제자리를 빙빙 돌았다. 햇빛에 피부가 타기라도 하듯, 돼지는 그늘에서 한 발짝도 나가지 않았다. 그제서야 돼지아빠는 절뚝거리면서 축사 출입문 밖으로 나왔다. 선배도 카메라를 든 채 따라 나왔다. 그들은 함께 94번에게 다가갔다.

– 그래 옳지 착하다. 아빠 말을 잘 들어야지?

돼지아빠는 말하면서 그를 축사 출입문 쪽으로 유도했다. 94번은 고개를 이리저리 돌려 축사 밖을 보더니 고분고분하게 그를 따라 우리로 들어갔다.

– 이놈이 진짜 끝까지 말썽이네.

축사 안에서 돼지아빠는 옷에 묻은 건초더미와 흙을 털어 내며 말했다.

─ 전에도 이런 적이 있었나요?

카메라 뒤에서 선배가 물었다.

─ 처음 겪는 일이에요.

돼지아빠는 답하며 발그레 웃었다. 돼지아빠는 아무래도 94번이 스톨케이지에만 있어 스트레스를 받아서 그런 거 같다면서 그를 넓은 우리로 옮겼다.

─ 새끼를 깔아 죽여서 미운 마음에 스톨케이지에 넣은 것도 있었는데, 역시 자유롭게 키우는 게 맞는 거 같네요.

카메라를 끄고 선배는 좋은 그림 하나 얻었다며 흡족해했다. 넓은 우리에 들어간 94번은 우리 안에서 좁은 원을 그리며 걷더니 얼마 안 가 구석에 벌러덩 누웠다. 그러고는 눈을 천천히 깜박이다가 이내 완전히 감아 버렸다.

*

─ 이 새끼 대체 어디 있는 거야?

잠에서 깬 건 고막이 가려울 정도의 고성이 들렸기 때문이었다. 촬영 4주 차 초반이었고, 아침이었다. 창밖으로는 해가 구름에 가려 저녁처럼 어두웠다. 그날은 유리 씨가 인서트 촬영을 하는 날이었다. 인서트 촬영은 총 세 개였다. 적산가옥을 배경으로 해가 지고 뜨는 것. 축사 전경을 배경으로 해가 뜨고 지는 것. 그리고 탐진강을 감싸는 산을 전경으로 해가 지고 뜨는 것이었다. 이 인서트는 정말 중요했다. 돼지아빠가 사업을 시작한 첫 해에 구제역으로 500마리의 돼지를 전부 살처분한 이야기 다음에, 해가 뜨는 인서트 컷을 연결해 주며 실패를 딛고 일어난 청년의 희망찬 연출을 보여 줘야 했기 때문이었다.

촬영 담당은 유리 씨였다. 기상예보에 따르면 한 달의 촬영기간 동안 해가 뜨는 날은 단 나흘 정도였다. 그 나흘에 인서트 촬영 스케줄을 잡아 놓은 상태였다. 아침 즈음이면 이미 촬영을 마쳤을 시간인데 고성이 오간다니, 무슨 일이래 이건 또. 휴대폰을 켜 부스스한 머리를 다듬고 눈곱을 떼고 아래로 계단을 타고 내려갔다. 완전히 코너를 돌기 전에 벽에 달라붙어 고개만 꺼내 1층을 몰래 봤다. 선배는 왼손은 허리에 올려 집고 오른손으로는 휴대폰을 들고 전화를 하고 있었다. 대표와 돼지아빠는 응접실 테이블 앞에 앉아 밥을 먹고 있었다.

- 촬영을 이 따위로 해 놓고 대체 어디로 내뺀 거야?

촬영감독은 잔뜩 성을 내며 꺼진 카메라를 들여다보고 있었다. 고래고래 소리를 지르는 그들의 얼굴이 다시금 낯설게 느껴졌다. 욕설과 고성이 섞여 터져 나오는 그들의 목소리를 가만히 듣고 있으니 어떤 상황인지 전말을 알 수 있었다. 카메라 배터리를 제때 갈아 주지 않아 카메라가 꺼져 버려서 해가 뜨는 장면이 찍히지 않은 거였다. 선배와 달리 응접실에 있는 대표와 돼지아빠는 태연했다. 돼지 주물럭을 밥에 비비고 그 위에 김치 한 조각을 올리고 김으로 감싸 먹었다. 아주 느리게. 선배의 휴대폰에서는 상대방이 전화를 받지 않는다는 안내 음성이 나지막이 흘렀다. 이거 정신 나간 새끼 아니야 진짜. 선배는 발로 바닥을 내리 찍으며 크게 화를 냈다. 마치 대표의 화까지 대신 내 주는 듯. 그 진동이 계단의 나무바닥까지 전해졌다. 나는 소리를 죽였다. 자칫 내가 움직여서 쪼그려 앉은 나무 계단이 우는 소리를 낼까 무서웠다.

─그러고 보니 바닥이 진즉 따뜻한디…….

돼지아빠는 테이블에 떨어진 돼지고기를 손으로 집어 입으로 넣고 우물거리며 말했다. 선배와 촬영감독이 동시에 그를 쳐다봤다. 설마하니 싶었다. 어쩐지 나도 모르게 하체에 힘이 들어갔다. 나는 계단을 내려왔다. 잔뜩 인상을 찌푸린 선배가 나를 쳐다봤다. 나는 응접실은 보지도 않고 지하실로 내려가는 문을 열었다. 끼이익 하고 나무 우는 소리가 들렸다. 조도 낮은 황색빛이 계단에 일렁이고 있었다. 물 흐르듯이 이리저리 느리게 움직였다. 제발. 아닐 거야. 계단을 내려가고 있는데도, 귀는 비행기를 타고 높은 고도에 올라간 것처럼 먹먹해졌다. 물풍선 하나가 귀 안을 가득 채우고 있는 거 같았다. 또 다른 계단 우는 소리가 작은 파열을 내며 들려왔다. 내 뒤를 따라 선배와 촬영감독이 내려오는 것이었다. 조금이라도 힘을 빼면 금방이라도 주저 앉을 것만 같아서 허벅지에 힘을 줘야만 했다.

유리 씨는 벽난로 앞에 있었다. 패딩 지퍼를 끝까지 위로 채운 채로. 벽난로를 향해 쭈그려 모로 누워 있었다. 주변에는 젤리 봉지, 캐러멜 껍질 등이 아무렇게나 버려져 있었다. 반쯤 보이는 그녀의 뺨에는 불꽃 그림자가 일렁였다. 명암이 짙어지는 부분이 빠르게 바뀌었다. 장작이 얼마 타지 않은 걸 보니 불을 피운 지 그리 오래 되지 않은 거 같았다. 아무도 아무런 말을 하지 않았다. 벽난로 가까이 가 보니 그녀는 왼손에 카메라 배터리를 쥐고 있었다. 그리고 그 손을 바들바들 떨고 있었다.

*

오후 5시. 나와 유리 씨는 각자의 텀블러에 믹스커피 다섯 봉씩 털어 넣고 물을 탔다. 전날 마치지 못한 인서트 촬영을 나갈 참이었다. 나는 축사를 담으러, 그녀는 적산가옥을 담으러. 유리 씨가 죽음과도 같은 잠을 자는 바람에 하루를 날린 것과 다름없었다. 그렇기에 오후 촬영은 숨가쁘게 움직여야만 했다. 작업복 입고 일만 하던 돼지아빠가 읍내에 나가 친구들도 만나고 놀면서 여느 젊은 청년의 모습과 다름없는 그림을 담아야 했으니까. 촬영감독이 메인으로 카메라를 잡지만 이동할 땐 나와 유리 씨가 촬영 준비부터 현장 통제까지 주도적으로 움직여야 했기 때문에 빠릿빠릿하게 움직여야 했다. 오전 분위기가 좋지 않아 나는 마음이 불편해 죽겠는데, 유리 씨는 그게 신경도 안 쓰이는지 자꾸만 굼뜨게 행동했다. 빨리 트라이포드 챙기고, 마이크 점검하고 해야지 뭐 하는 거람……. 하지만 감독님들이 다 있는데 그걸 티 낼 수도 없었기에 아무 말 하지 않았다.

─바로 촬영 나가는 거예요?

돼지아빠는 응접실에서 돼지주물럭을 음식물 쓰레기 봉투에 넣으며 물었다. 그간 내내 촬영했으면서 또 촬영하러 나가는 거냐면서. 그러고는 조심히 다녀오라고 인사했다. 2층에서 우린 안 챙긴 짐이 없나 마지막까지 확인했다. 아까 유리 씨가 쥐고 있던 배터리를 품은 충전기는 전기코드를 문 채 빨간 불을 내고 있었다. 유리 씨는 안광도 없이 그 옆에 앉아 페트병에 담긴 물을 마시고 있었다. 나는 전력이 차오르고 있을 배터리를 보면서 오전에 촬영감독이 한 말을 떠올렸다. 이 배터리는 용량이 큰 모델인데, 오죽이 촬영에 애정이 없었으면 한번 나와 보질 않았겠느냐고. 자기만 힘들고 잠 부족하냐고.

기상예보 대로 그날은 해가 환했다. 읍내 촬영은 강행군이었지만 지쳐서는 안 됐다. 이따 노을이 지기 시작하면 밤새 인서트 촬영을 해야 하니까. 햇빛이 있는 날은 딱 오늘과 내일뿐이니까. 우린 읍내에서 촬영하는 반나절 동안, 꼭 필요한 업무 얘기가 아니면 서로 말을 하지 않았다. 읍내 촬영을 마치고 적산가옥 쪽으로 돌아왔을 땐 완전히 방전 상태였다. 한창 노을이 질 무렵이었다. 내가 운전했고 돌아와 촬영감독을 내려 주고 나서 우린 함께 외국인 숙소 쪽으로 향하는 다리를 넘었다. 조수석의 유리 씨는 그때까지 말이 없었다. 유리 씨는 숙소 근처 둔덕에서, 나는 축사에서 각자 인서트를 촬영해야 했다. 함께 둔덕 근처에서 내렸다. 숙소와 조금 거리가 있는 곳이었는데 둔덕이 꽤 높아 웅장한 적산가옥을 아래에서 올려다보는 구도로 찍기 제격이었다. 나는 간이 의자를 챙겨 그녀가 촬영할 곳까지 함께 걸어가 줬다. 거의 다다랐을까, 그녀가 물었다.

– 언니, 같이 좀 걸어요.

나는 바로 답하지 않았다. 내 속도에 유리 씨가 맞춰야죠. 이 말이 턱 끝까지 올라왔다. 뒤에서 작은 돌멩이 하나가 다리로 날아와 부딪히는 느낌이 들었다. 나는 그제서야 뒤돌아 말했다.

– 지금 같이 걷고 있잖아요, 우리.

유리 씨는 입을 앙 다물더니 내가 들고 있던 간이 의자를 뺏어

들었다. 촬영 장비들이 가득 매달린 그녀의 어깨가 날 앞질렀다. 그녀는 뚜벅뚜벅 힘차게 둔덕을 올랐다. 노을빛에 역광으로 비치는 그녀의 모습이 눈부셔 똑바로 쳐다보기 힘들었다.

 차에 돌아와 운전대를 잡고 나 혼자 다리를 다시 건넜다. 축사가 가까워지고 있었다. 나는 핸들을 꽉 쥐었다. 액셀을 세게 밟았다. 엔진에 힘이 들어가는 소리가 들렸다. 이틀이 지나면 아주 한랭하고 건조한 날이 이어질 거라고 했다. 햇빛이 있는 날은 오늘과 내일뿐이다. 이 빛을 놓치면 안 된다. 난 제대로 보여 줘야 한다. 몇 번이고 속으로 되뇌었다.

*

 ─한 달 일하는 프리랜서도 축사를 이렇게나 멋지게 찍는데, 멋있는 집 하나 제대로 못 찍는 어떤 정규직이랑은 다르네엥.

 대표는 나와 유리 씨가 찍은 인서트 영상을 비교하며 나를 과하게 치켜세웠다. 나는 촬영하는 동안 꿈을 꾸지 않았다. 잠시 지쳐 졸기는 했지만 결코 잠 들지는 않았으니까. 난 어떻게든 내 카메라, 내 렌즈를 지켜 냈다. 덕분에 좋은 결과물이 나온 듯했다. 하지만 유리 씨가 찍어 낸 것은 그들의 마음에 들지 않은 모양이었다.

 ─영상판에 있는 사람이면, 평범하다는 말 듣고 기분 나빠야 정

상인 거야. 평범한 건 뒤처지는 거야. 볼품없다는 거랑 마찬가지인 말이거든.

선배는 유리 씨를 흘겨보며 말했다. 유리 씨는 테이블 위에 올려 둔 노트북에서 시선을 떼지 못하고 있었다.

─내가 항상 말하지, 유리야. 근면 성실은 재능이 아니야. 너 착각하면 안 돼.

응접실에는 겨울 치고 따사로운 햇볕이 흘러 넘치는 듯했다. 먼지들이 떠다니는 것까지 보일 정도였으니까.

─이거 완전 물건이네. 역시 영화제 수상자는 달라. 일광 달라질 때마다 노출값을 일일이 바꾼 거 아니야. 일에 애정 있는 사람은 다 티가 나.

선배가 이어서 말했다. 당연히 그렇지잉. 대표도 자꾸만 나를 치켜세웠다. 나를 의식적으로 칭찬하는 그들의 속내가 보였다. 유리 씨에게 민망함을 주기 위해 나를 의도적으로 띄우는 거였다. 그들의 질책은 일방적인 힐난이 아니라, 남을 과하게 치켜세움으로써 같은 처지의 동료를 상대적으로 외롭게 만드는 방법으로도 이뤄졌다. 대표는 나와 유리 씨를 번갈아 보며 옅은 웃음을 지었고 유리 씨는 아무 말 하지 않았다. 시선을 어디에 둬야 할지 모르는 듯, 노트북 화면만 응시했다. 수치심을 주는 방식으로 유리 씨를 성장시키려는 그의 방식이 끔찍하다는 걸 잘 알겠는데⋯⋯ 나는 그게 그다지 불편하지는 않았다.

　그날 해 질 녘부터 유리 씨와 나는 함께 밤새 인서트 컷을 찍었다. 마지막 인서트였다. 탐진강을 감싸고 있는 산 너머로 해가 지고 뜨는 것을 찍기 위해 카메라를 세워 두고 한나절을 기다렸다. 칭찬받은 대로 일광의 양에 따라 노출값과 조리갯값을 바꿀 요량이었다. 이렇게까지 해야 하나 싶기도 했지만 어쩔 수 없었다. 구제역과 살처분이라는 시련을 딛고 일어난 돼지아빠의 모습을 그리기 위해서는 이 인서트 활용이 꼭 필요했으니까. 유리 씨는 해 질 녘 하늘을 보며 말했다. 키우던 돼지를 전부 살처분했는데도 다시금 이렇게 재기한 거 보면, 대표네 집안이 돈이 정말 많기는 한가 보다고. 우리랑은 다른 세계 사람이야. 우리는 간이 의자가 삐걱대는 소리를 들으며 적적한 패배감을 나눴다.

　―사실 나 기분 좋았어요. 대표한테 칭찬받았을 때 말이에요.

　내가 말했다. 구름이 없어 훤한 달빛이 적산가옥과 탐진강을 내리쬐고 있었다. 일몰 때부터 인서트 컷을 찍은 우린 확실히 지쳐 있었다. 적산가옥 굴뚝에서는 연기가 피어오르고 있었다. 아마 대표가 지하실에서 무언가 하고 있거나 자고 있는 모양이었다. 그 굴뚝 위에서 보면, 우린 군청색 바탕에 채도 낮게 찍힌 작은 두 점처럼 보였을 것이다. 유리 씨는 입은 패딩을 여미며, 괜찮다고 자기 같았어도 기분은 좋았을 거라 말했다. 대표와 선배가 나를 칭찬하며 그녀를 처박을 때마다 나는 왜 뜨거워졌을까. 나 잘하죠? 그래도 쟤보단 내가 훨씬 낫죠? 왜 이런 마음에 죄책감을 느꼈을까. 그러면서도 유리 씨에게 일러바쳐 어떤 용서를 받으려 하는가. 유리 씨는 검은색 패딩 주머니에서 캐러멜을 꺼내더니, 압해 내려와서 입 트였나 봐 왜 이렇게 허기지지? 말하며 입에 넣고 우물거렸다.

- 나 처음 왔을 때도 유리 씨가 기쁘게 맞아 줬잖아요. 고마워요 진짜.

그녀의 눈을 바라보며 말했다. 이내 유리 씨의 우물거리던 소리가 그쳤다. 쯔왑- 짭-거리던 소리가 그칠 뿐이었는데, 주변이 고요해졌다. 유리 씨는 뜸을 좀 들이더니 나를 제대로 쳐다보지 않고 답했다.

- 난 안 기뻤는데.

네? 나도 모르게 말이 입 밖으로 튀어나갔고 바람이 불었다. 바람은 입 안으로 들어가 허파 곳곳을 차갑게 적시고 겨드랑이의 땀을 식혔다. 어떤 서늘함이 유리 씨의 눈빛에 흐르고 있었다.

- 안 기뻐요. 이 바닥에 있는 여자를 보면, 반갑지만 슬퍼요. 동성 동료를 만나는 건 이제 슬픈 일이에요. 저 사람도 곧 이 길에서 갈리고 사라지겠지 싶거든요.

그녀는 멍하니 설치된 카메라를 보며 말했다. 한 점의 구름이 우리를 건너 군청색 강물 위로 흐르고 있었다.

─ 맨 처음 이 회사에 들어왔을 때 제 위로 여자 직원이 세 명이 더 있었어요. 그런데 전부 나갔어요. 누구는 임신해서 나갔고 누구는 못 견디겠다고 나갔고 누구는 소리도 없이……. 그녀들이 사라지는 걸 보면서 다짐했어요. 나만은 어떻게든 살아남겠다고. 내가 이 바닥을 바꿀 수 있는 증인이 되겠다고. 그런데 이젠 모르겠어요. 나도 이만 사라지고 싶어서 그런가.

그건 자기의 선택이잖아요 사라지기로 그녀들이 선택한 거라고요. 이 말을 하고 싶었지만 차마 할 수 없었다. 담담한 표정과 진폭 없는 톤으로 말하는 그녀의 모습이 좀 무섭게 느껴졌기 때문에. 그녀는 처음에 대표가 좋은 사람인 줄 알았다고 했다. 계약직으로 들어왔을 때 근로계약서도 써 주고, 주 52시간 근로도 지키려고 해 주고 급여도 제때 주려고 노력하는 사람으로 보였다고. 이 업계에서 이 정도면 진짜 좋은 편인 거 알지? 이런 말을 하도 자주 들어서, 지옥 같은 노동의 세계에서 별안간 우뚝 솟은 어떤 빛나는 탑을 보는 거 같았다고. 하지만 결국 전부 곧 사라지는 환상이었다고. 자신의 뜻대로 성장하지 않는 직원들을 갈아치웠고 그중 대부분은 여자였다고. 자기는 그 틈에서 살아남으려고 안간힘을 쓸 수밖에 없었다고.

─ 살아남은 사람과 사라진 사람 중에 누굴 더 사랑해야 돼요?

유리 씨는 그제야 나를 바라보며 말했다. 소외감과 열등감에 사로잡혀 착실히 안주하고 있어 보였다.

─ 무슨 사랑까지 해요.

나는 본능적인 거리 두기에 가까운 답을 하며 그녀로부터 시선을 거뒀다. 그녀의 표정은 보지 않았다.

─ 나도 영화제 수상 감독이란 타이틀을 얻었을 땐, 상업 영화계에 포트폴리오 들이밀 수 있을 줄 알았어요. 그 데뷔작으로 각종 영화제를 휩쓸 거라고 기대했고요. 그런데 들이미는 건 알바몬 이력서고 휩쓸리는 건 통장 잔고뿐이던데.

거리 두고자 던진 내 농담에 유리 씨는 피식 웃었다.

─ 그러니까 내 말은…… 각자 알아서 살아남아야 한다는 거죠. 그것 말고는 방법이 없어.

내 대답에 유리 씨는 아무 말 하지 않았다. 침묵이 길어졌다. 침묵은 오히려 최선을 다해 싸우는 것과 다름없음을 알고 있었기에, 나는 그녀의 전장에서 잠시 퇴장하고 싶었다. 화장실을 다녀오겠다고 했다. 인서트 컷을 찍는 곳에서 적산가옥은 가까웠다. 백 걸음 정도? 적산가옥에 들어가자 불이 전부 꺼져 있었다. 남자들은 각자의 방에서 전부 자는 듯했다. 만약 지하실에 대표가 있다면 나의 발걸음을 다 들킬 거 같아 불편한 마음이 들었다. 화장실에 들렀다가 가옥에서 나와 촬영 장소로 걸어가는데 발걸음이 무거웠다. 백 걸음 정도의 거리가 천 걸음처럼 느껴졌다. 유리 씨는 여전히 캐러멜을 먹으며 휴대폰으로 인스타그램을 하고 있었다.

─ 얘 차 샀나 보네. 아니 어떻게 벌써 차를 샀지? 나한테 허락된 차라고는 회식 2차랑 옥수수염차뿐인데…….

유리 씨는 너털웃음을 짓고는 휴대폰을 꺼 버렸다. 나는 그녀의 말이 웃겨 깔깔대며 웃었다. 그녀는 누구는 월세 내기도 빠듯한데 벌써 차를 사는 친구가 있다며 볼멘소리를 더했다.

─ 모르겠고, 일단 내가 맛볼 수 있는 최고의 행복은 처먹는 거야.

그녀가 장난스럽게 웃으며 캐러멜을 입에 털어 넣었다. 그러고는 입안의 유희를 즐기는 듯 웃어 보였다. 그녀의 웃음에서 밀도 높은 처연함이 느껴졌다. 우울하지 않으려고 애쓰는 우리가 애처롭게 느껴졌다. 무엇이 우리를 이토록 힘들게 할까? 고집? 재능 없음? 돈? 질투? 무기력? 뜬구름을 향한 질주? 도무지 알 수 없었다. 이런 어린애 하나 이겨 보겠다고 경쟁심을 가지고 별안간 최선을 다했나, 내가 한심해졌다. 차라리 말끔히 소멸될 수 있는 방법이 있다면 그러고 싶었다.

─ 우리 그냥 떠나자 유리 씨. 앵앵거리는 대표도, 그런 대표 똥 꼬나 빠는 선배도, 일 전부 쨤 때리는 감독들도 버리고. 우리끼리 도망이나 쳐 버리자.

정확히 내가 촬영 3일 차 때 느꼈던 거예요. 유리 씨도 깔깔대며 웃었다. 나는 그녀의 손을 잡고 일으켜 세웠다. 그러고는 패딩 주머니에서 차 키를 꺼냈다. 맘 같아서는 우리 연봉보다 비싸다는 카메라고 뭐고 내팽개치고 서울로 가고 싶었다. 하지만 그러진 못했고 옆에서 지겹게도 흐르고 있는 탐진강을 따라 드라이브를 하기로 했다.

− 우리 바다에 갈까요? 강을 따라서 하구 쪽으로 가면 나오지 않을까요?

유리 씨는 조수석에서 맑게 웃으며 말했다. 바다 예쁘다던데 빨리 보고 싶어, 그녀는 발을 동동 굴렀다. 내비게이션 지도를 보니 하구는 그리 멀지 않았다. 바다만 보면, 좁은 강이 아니라 아주 잠깐이라도 드넓은 바다를 보면, 무언가 달라질 거 같았다. 달라질 게 없을 테지만 달라질 거 같았다. 앞으로 남은 일주일을 어떻게든 버틸 수 있을 거 같았다.

기어를 내리고 액셀을 밟으니 차가 앞으로 나아갔다. 어쩐지 조금 겁이 났다. 촬영하다 말고 이렇게 맘대로 나갔다 와도 되는 걸까? 불안한 마음과 미숙한 운전 때문에, 강변을 따라 난 도로의 차선을 제대로 맞추지도 못했다. 외국인 직원 숙소로 건너가는 다리 즈음에 과속방지턱이 있었다. 거길 넘을 땐 바이킹 놀이기구를 타는 듯 몸이 붕 뜨기도 했다. 그래도 유리 씨는 허파가 끊어진 듯 웃었다. 언니 너무 좋아요. 조금 더 밟아요. 저기 강 좀 보세요 유속이 빨라졌어요 이제 곧 바다인가 봐요. 유리 씨는 라디오를 틀었다.

마침 빠른 박자감의 음악이 흐르고 있었다. 조금만 더 빨리 가 봐요. 언니 나 지금 너무 신나. 흥분돼서 숨이 차요. 바다에 가면 우리 사진도 찍고 소리도 지르고 춤도 추고 놀자. 유리 씨는 몸을 흔들었다. 조수석에 앉은 그녀가 행복해하자 나도 덩달아 들뜨고 용기가 났다. 차체가 이리저리 흔들려도, 차선을 제대로 맞추지 못해도 지금은 아무도 없으니까. 혹여나 중앙선을 넘어 역주행한다고 해도, 지금은 누구에게도 들키지 않을 테니까. 바다에 도착하기만 하면 되니까. 창문을 열었다. 두두두두- 하고 바람이 거센 소리를 내며 차 안을 감쌌다. 탐진강의 유속은 점점 빨라지는 거 같았다. 마침내 산 뒤에서 동이 트고 있었다. 저걸 찍으려고 우린 이렇게 고생했던 것이다. 카메라 배터리가 나가 버리든 말든 노출값을 변경하지 않아 색감이 엉망이 되든 말든 신경 쓰고 싶지 않았다. 햇빛이 산을 넘어 한 줄기씩 강을 타고 흘렀다. 얼마 만에 보는 햇빛인지 울음이 날 지경이었다. 우린 분명 바다를 볼 수 있을 거야. 여긴 모래사장이 아니고 자갈 해변이래 수평선도 보고 파도치는 해변에서 춤도 추고 소리도 지를 수 있을 거야 유리 씨. 우리 발걸음마다 자갈이 부딪히고 조개 터지는 소리가 들리고. 유리 씨는 비명에 가깝게 환호했다. 우린 그 정도로도 좋을 것이었다. 우리 이대로 증발해서 영원히 행방불명돼 버려요! 그녀는 엉덩이를 들썩이며 소리쳤다. 차가 양옆으로 흔들렸다. 어둠이 조금씩 물러나면서 동이 완전히 트고 있었다. 멀리서 '경치 좋은 길 끝'이라고 적힌 표지판이 빠르게 다가오고 있었다.

― 언니, 여기 어디예요? 우리 어디에 온 거예요?

유리 씨는 창밖을 멍하니 바라보며 말했다. 라디오에서 나오는 음악은 절정을 향하고 있었다. 도착한 탐진강 하구에는 바다가 없었다. 있었지만 막혀 있었다. 하굿둑이 강과 바다를 나누고 있었다. 우린 도로 한편에 차를 세웠다. 비릿한 물 냄새가 가득했다.

― 아니…… 둑이네. 둑.

기어를 올리고 차에서 내려 장엄하게 쳐진 펜스 쪽으로 갔다. 키를 훌쩍 넘는 연두색의 철제 펜스 사이로 하굿둑을 자세히 봤다. 시멘트로 만들어진 직육면체 모양의 긴 형체가 공장에서 찍어낸 듯 일정한 간격으로 세워져 있었다. 차갑고 건실하게 강과 바다를 가르며 앉아 있었다. 강물은 철제로 된 수문 근처에서 조용히 일렁이기만 했다. 하굿둑에 막힌 바다는 보잘것없었다. 뒤돌아보니 산 너머로 건조한 구름 떼가 우릴 포위하듯 몰려오고 있었다. 해는 옆에서 피범벅인 채로 나뒹굴며 핏줄기를 뻗치고 있었다. 구름이 시뻘건 아침노을의 혈흔을 먹어 치우며 우리 위에서 군림하고 있었다.

날갯죽지에 찌릿한 고통이 맴돌았다. 우린 아무런 말도 하지 않고 차로 돌아갔다. 차 옆에 벌건 눈을 뜬 비둘기 한 마리가 죽어 있었다. 차에 타 다시 기어를 내렸다. 뚜두두둑. 무언가 부서지는 듯한 소리가 기어에서 새어 나왔다. 햇빛은 피가 말라붙은 유리 씨의 입술을 가로질러, 하굿둑의 수문에 떨어져 바다와 강 사이에 금을 그었다. 유리 씨는 바다를 보고 가자고 하지 않았다. 다시 적산가옥으로 달리는 차 안에서 햇빛은 어른거리며 나가질 않았다. 실로 오랜만에 보는 햇빛인데 눈이 따갑기만 했다. 화산섬이라도 만들 듯 끓어오르던 무언가가 강물 바닥에 처박히는 거 같았다. 웅장한 축사를 지나자 부질없는 소동을 일으킨 우리가 우스워 갑자기 흐흐- 하는 실소가 터져 나왔다. 멀리 보이는 장엄한 적산가옥의 모습이 점점 부풀어 올랐다. 적산가옥의 유리창이 햇빛에 반짝이는 게 우리를 조롱하는 것 같았다. 그러자 아름답던 압해의 풍경이 시시해지고 무채색이 돼 눈길을 끌지도 않았다. 라디오에서 흐르는 음악 속 가수는 목이 터져라 노래를 부르고 있었다. 하고 싶은 말이 뭐 저리도 많기에 목이 찢어질 듯 노래를 부르는 걸까. 음악이 자꾸 끊겨 들리는 듯했다. 우리는 아무 말 없이 라디오를 들었다.

　우린 패잔병처럼 돌아와 카메라를 챙겼다. 배터리는 남아 있었고 촬영한 컷의 색감이 별로 무너지지 않아 괜찮았다. 다행이라는 생각이 들었는데, 그게 화가 났다. 뭐가 다행이야. 뭐가 괜찮아. 대체 뭐가. 적산가옥에 도착해 차에서 내리니 멀리서 새소리가 들렸다. 딱. 딱. 장작 패는 소리도 들렸다. 피곤한데. 얼른 들어가서 쉬고 싶은데. 그런데도 나와 유리 씨는 가옥 뒤편으로 갔다. 멀리서 장작을 패고 있던 돼지아빠 모습이 보였다. 우린 봤다. 도끼를 크게 들고 있는 힘껏 장작을 패는 그를. 그의 손목에 돋아난 힘줄을. 갈라진 팔뚝의 근육을. 들고 있는 카메라와 트라이포드가 무거워서였을까. 손목에 힘이 풀려 손끝을 덜덜 떨었다. 저 장작이 지하실을 따뜻하게 데우겠지. 1층의 바닥도 훈훈하게 만들 거야. 우린 인사하지 않고 가옥 안으로 들어가 2층으로 올랐다. 한 시간 정도 눈을 붙일 시간이 있었다. 유리 씨는 이불을 목 끝까지 추스르고는 말했다.

─2층은 좁아요 언니. 2층은 너무 좁아요.

유리창 밖으로 햇빛 한 줌이 거미줄에 비쳐 가난하게 흔들리더니 이내 구름 뒤로 사라졌다.

*

─드디어 하나 건졌네.

선배는 젖은 머리를 수건으로 털며 말했다. 나와 유리 씨가 조용한 반란을 끝내고 나서 찍은 인서트 컷을 넣어 가편집한 결과물을 보여 준 날이었다.

─ 이번에 해 뜨는 거 못 찍었으면 추가 촬영할 뻔했잖아. 나연이 덕분이지.

선배는 웃으면서 고생했다고 말했다. 대표님 이거 좀 와서 보세요. 대표는 내가 가편집한 영상을 보며 만족스러운 듯 웃었다. 특히나 그가 마음에 들어 하는 부분은 돼지아빠의 인터뷰 부분이었다. 돼지의 성장이 더디면 사료를 먹이기만 하는 게 아니라, 귀리와 같이 좋은 음식을 주고 산책도 시켜요. 그러면 애들이 스트레스가 안 쌓여서 그런지 빨리 성장하거든요. 대표는 이 부분이 돼지를 아끼는 돼지아빠의 마음이 잘 드러나고, 그간의 양돈장과 다르게 스마트하고 따뜻하게 운영하는 청년의 모습을 보여 준다며 좋아했다.

─ 형태소 단위로 잘 분석해 보니까 틈이 보이더라고요. 전체 상영 시간을 플롯 포인트 다섯 개로 나누고, 15% 지점에 이런 멘트로 깃발을 꽂아 주니까 확실히 몰입이 더 잘 되는 거 같아요.

나는 대표가 좋아할 만한 대답을 했다. 대표는 만족스러운 미소를 지었다. 일 잘하네. 유리 씨는 좀 배워, 기 감독이 프리랜서여도 어쨌든 영상 쪽으로는 선배잖아? 유리 씨는 정말 많이 배우고 있다며 옅게 웃었다.

─ 내가 기 감독을 좋아하는 이유가 이거야앙. 교활하거든. 순진

함이랑은 거리가 머니까. 박살 나도록 싸워 보겠다는 태도. 나는 그게 좋아. 이 악바리 같은 근성이.

대표는 권투를 하는 폼으로 주먹 잽을 내 얼굴 앞에 휘두르며 말했다. 그의 주먹이 일으킨 바람이 내 안구에 불어 닥치는 게 느껴졌다. 부스스한 내 앞머리와 옆 잔머리가 그 바람에 흩날리는 것도. 그러고는 선배를 데리고 자기 방으로 들어갔다. 잠을 충분히 자지 못해서 그런 건지 일순간 어지러운 느낌이 들었다. 나는 유리창 너머로 대표의 방문을 보다가 눈을 질끈 감았다.

─대표님이 1년 정도 계약직으로 일해 볼 생각 있냐는데, 어때?

선배는 응접실에 앉아 졸고 있는 나를 깨웠다. 어느새 그는 응접실 테이블 상석에 앉아 있었다. 선배는 대표가 한 달 만에 폭발적으로 성장하는 나를 눈여겨보고 있었다고 말했다. 유리 씨는 눈이 커진 채 우릴 번갈아 봤다. 그들이 제시한 도형에 나를 맞추었을 뿐인데 그는 성장이라고 본 모양이었다. 그의 말 대로 이걸 체화한 나는, 그들과 일을 계속한다면 계속 성장할 수 있을지도 몰랐다. 성장은 늘 느닷없이 찾아오는 법이니까……. 선배는 도저히 해석할 수 없는 눈빛으로 나를 쳐다봤다. 그는 촬영 마지막 날까지 잘 생각해 보고 확답을 달라는 말을 마치고 유리문을 열고 나갔다. 유리 씨는 그런 나를 보며 나지막이 말했다. 대표한테 칭찬받는 거 진짜 어려운 일이긴 한데…… 언니 정말로 계약직 생각 있어요? 그녀 뒤로 괘종시계가 정각을 알리며 울었다. 시계침이 테이블에 서 있는 위치에 따라 다르게 보인다는 걸 새삼 깨달았다. 웬일인지 난 그녀의 눈을 쳐다볼 수 없었다. 졸음이 밀려왔다. 난 테이블에 손을 짚었다. 시야가 점점 어두워지는 느낌이 들었다. 잠들면 안 되는데, 아직 할 일이 많이 남았는데…….

—많이 먹어야 아빠가 기쁘지.

노트북에서 94번 돼지에게 특식을 먹이는 돼지아빠의 모습이 재생되고 있는 모양이었다.

곧 대표는 아침을 먹는 우리를 붙잡고 예정에도 없던 촬영을 하나 하자고 느닷없이 말했다. 대형 마트에 암퇘지 500마리를 납품하는 날짜가 당장 오늘이라면서 이걸 꼭 찍어야 한다고 말이다. 우리는 이 모습을 촬영할 건지 즉석으로 오랜 회의를 했다. 스마트 돈사를 운영함으로써 안정적인 수익을 올리는 젊은 축산업 종사자의 모습을 보여 줄 수 있었지만, 도살장에 끌려가는 모습이 자칫 잔혹하게 느껴질 수 있다는 걱정이 들었다. 대표는 젊은이들이 열심히 일해서 농촌에서도 충분히 높은 소득을 얻는 모습을 지자체가 아주 마음에 들어 할 것이라며, 어떻게든 촬영하라고 부추겼다. 모두들 선뜻 그렇게 하겠다고 답하지 못했다. 그래서 나는 의견을 냈다.

—돼지들을 도살장에 보내면서 오묘한 눈빛을 짓는 돼지아빠의 모습을 디졸브로 보여 주는 거예요. 이어서 노을이 지는 하늘로 페이드아웃 하고. 그러면 그 잔혹성을 충분히 상쇄할 수 있을 거 같은데요?

내가 말을 마치자 유리 씨는 시선을 밥그릇에 두고 왼손에 쥔 젓가락으로 밥을 뒤적거리기만 했다. 건지 선배는 나를 잠시 바라보고는 이내 시선을 이리저리 돌리며 고개를 어지럽게 했다.

—이거다.

대표는 오른손에 쥔 젓가락을 나로 향하며 크게 말했다.

—일단은 찍어 두고 편집에 넣어 보자고. 편집본에서 너무 튀어 보인다거나 하면 빼면 되잖아.

그의 입안에 있던 음식물이 그의 목소리와 발음을 탁하게 했지만 그 기세와 기백은 충분히 전달됐다. 하지만 미리 짜 놓은 촬영 스케줄이 빡빡해서 도저히 촬영 시간을 낼 수 없다면서 카메라 감독이 볼멘소리를 좀 했다.

—아니 사장이 뭐 좀 열심히 해 보려고 하면 직원들이 따라와 주진 못할 망정…….

순간 대표는 그간 본 적 없던 짜증과 서름함이 혼재된 표정을 한 채 아주 낮은 목소리로 말했다. 그러자 건지 선배는 이 인원으로 충분히 커버할 수 있을 거 같다면서 일괄표를 다시 짜겠다고 했다. 그 순간에도 유리 씨는 아무런 말도 하지 않고 시선을 아래에 두기만 했다. 그럴 거면 네가 하던가. 분명 속으로는 그렇게 생각하고 있겠지. 이렇게 애쓰는 우리한테 미안하지도 않나. 시큰둥하게 관심 없다는 그의 태도가 불편하게 느껴졌다.

─이해했지 유리 씨?

내가 말하자 그제서야 유리 씨는 웃음 지어 보며 알겠다고 했다. 내가 다 눈치가 보여 고역이었다. 나는 회의가 끝나고 2층에서 촬영 기기를 챙기며 유리 씨에게 말했다.

─유리 씨. 이런 말 하는 거 나도 조심스러운데…… 너무 기분 나빠 하지 않았으면 좋겠어. 혼낸다거나 그런 게 아니고, 뭐랄까…… 유리 씨보다 조금 더 오래 살고 많은 사람들을 만나서 더 많이 느껴 본 내가 그냥 도움을 준다는 의도로 생각해 줘.

유리 씨는 내가 메고 갈 배낭에 물과 간식을 넣어 주며 나를 바라봤다.

─유리 씨가 촬영장에서 가장 열심인 거 내가 잘 알 거든. 그런데 촬영 내내 느낀 건데, 아주 가끔씩 유리 씨가 표정을 숨기지 못하는 거 같아. 마음이 얼굴에 다 드러나. 아까 회의할 때도 그렇고. 그러면 윗사람들이 고깝게 보는 경우가 많거든.

그러자 유리 씨는 왠지 모를 씩씩함으로 대답했다.

―저는 저 그대로이고 싶어요. 표정까지 연기하기엔……. 그리고 그간 이렇게 지냈는데 건지 선배나 대표도 저한테 별다른 말이 없었고요.

어쩜 따박따박 저렇게 말도 잘하는지. 이렇게 어렵게 말을 꺼내는 나도 좀 생각해 주지. 남은 시간 동안 잘해 보자고 이러는 건데.

―나도 전엔 그렇게 생각했던 적이 있어. 그런데 타인 앞에서는 지켜야 할, 응당 써야 할 가면 같은 게 있더라 유리 씨. 수행해야 할 연기 같은 거랄까. 내 기분 그대로를 드러내면 상대방은 그걸 받아들이라는 허락 없는 명령처럼 느끼거든. 이런 말 어떨지 모르지만…… 그거 수동적으로 굴욕감을 선사하는 거더라고.

―뭘 그렇게까지.

유리 씨가 옅은 웃음을 뱉으며 답했다. 어떻게든 상처 주지 않으려고 애쓰며 겨우겨우 말을 이어 나가는 나한테 겨우 저런 대답이라니. 한 달짜리 계약근로임에도 잘해 보려고 이렇게까지 애쓰는 난데 쟤는 정규직이면서 뭐 하는 태도인가 싶었다. 나보다 돈을 더 받을 텐데. 난 이 프로젝트로 끝일 수도 있지만 쟤는 그다음이 있을 텐데. 그러자 일순간 감정에 요동이 일었다.

―이기적이라는 생각 안 해 봤어? 매끄럽게 굴러가게 하려고 연기하는 거, 전부 그러고 살아. 관전만 하고 있지 말고, 유리 씨는 뭐라도 좀 하려는 태도가 필요할 것 같아.

딱히 이런 말을 준비한 것도 아닌데 입에서 술술 나왔다.

 ─ 네.

 유리 씨는 짧게 대답하고 배낭의 지퍼를 잠가 내게 건넸다. 지퍼가 완전히 잠겨 있지 않아 쇠 손잡이가 배낭 안에 들어가 있었다. 난 배낭을 받아 들어 지퍼를 끝까지 잠갔다. 슬라이더와 체인이 마찰하는 소리가 날카롭게 들렸다. 계단을 내려가면서는, 그냥 조용히 있을걸, 무슨 상관이라고, 어차피 1주 뒤면 안 볼 사람인데, 하는 생각이 들었다. 하지만 이렇게 말함으로써 앞으로 남은 시간 동안 그녀 때문에 생기는 불편함을 내가 감수할 필요가 없어진 것이겠지 하는 감정이 피어올랐다. 나는 향초의 연기가 일렁이는 것처럼 나풀대는 감정을 얼른 쫓아 버리고 계단을 내려갔다. 왼쪽으로 회전하듯 내려가는 계단. 유리 씨가 그런 내 모습을 보고 있지 않았으면 했다. 나도 뒤돌아보지 않았고.

 10시부터는 도살을 해야 오후에 경기도의 물류센터에 보낼 수 있다고 했다. 나와 선배는 제대로 씻지도 못하고 축사로 향했다. 돼지를 실을 트럭은 한 대였다. 도살장까지 500마리를 운반하기 위해서는 백 마리씩 트럭에 실어 다섯 번을 오가야 했다. 트럭 기사는 육중한 차체를 갓 태어난 아기 다루듯 아주 조심스럽게 돈사 가까이 댔다. 모리스 씨와 그의 동료 외국인 직원들은 트럭으로 올라가는 철제 비탈길을 설치했고 돼지아빠는 돈사 문을 열었다. 우린 돼지를 한 마리씩 트럭에 싣는 모습을 촬영했다. 그런데 돼지아빠의 표정이 의도처럼 찍히질 않았다. 속 보이는 연출을 들켜서는 안 됐다. 돼지아빠에게 과한 표정을 주문할 수는 없으니 개중에 어떻게든 리얼한 표정을 따내려 노력했다.

— 애정을 담아 열심히 키운 돼지를 보낼 땐 기분이 남다르시겠어요!

나의 질문에 돼지아빠는 별생각 없다는 표정에서 입꼬리를 어색하게 들어올리며 어스름한 표정을 지었다. 묻길 잘했네. 그는 별달리 말을 하진 않았는데 오히려 그것이 묘한 느낌을 줬기에 편집으로 끼워 넣기에 제격이라고 생각했다. 돼지가 트럭에 올라갈 철제 비탈길을 가린 벽을 지지하고 있는 모리스와 동료들의 모습도 담았다. 그들과 돼지아빠의 피부가 짙은 갈색이어서 그런지 돼지들의 피부 표면이 유난히 새하얗게 보였다. 카메라를 껐다.

마지막 돼지를 실어 보내면 도살장까지 가서 거래장부에 사인을 해야 하기에 우린 돼지아빠의 차를 타고 함께 트럭을 따라갔다. 돼지아빠는 트럭 옆 차선으로 가 비슷한 속도로 운전했다. 덕분에 레고처럼 정렬된 돼지들을 가까이서 볼 수 있었다. 돼지들은 트럭에서 고개를 느리게 움직이며 바깥구경을 했다. 매운 자동차 매연과 나무가 뿜는 청량함이 뒤섞인 냄새를 그들은 처음 맡는 것이겠지. 그러다 차선을 옮겨 트럭 뒤로 가 천천히 운전했다. 신호등에 걸려 트럭을 먼저 보냈다. 이내 트럭은 커브 길을 따라 돌아가 숲에 가려져 보이지 않았다. 운전대를 잡은 돼지아빠, 조수석에 탄 건지 선배, 뒷좌석에 앉은 나. 우리 셋의 조합은 촬영 내내 익숙해질 만도 한데 영 어색함이 가시질 않았다. 나는 창문을 열었다. 텁텁한 비료 냄새와 함께 나무향이 났다. 들개들이 짖는 소리가 들렸다. 이번엔 좀 가깝네 싶었는데 그 소리는 조금씩 커져 갔다. 그러고는 얼마 가지 않아 무척 큰 파열음이 들렸다.

—사고다.

돼지아빠는 낮게 읊조리더니 신호가 바뀌지 않았는데도 액셀을 밟아 커브 길로 빠르게 진출했다. 산세와 도로가 걷히고 시야가 트이니, 앞 유리에 금이 간 관광버스와 갓길에 넘어져 있는 트럭이 보였다. 돼지들이 도로 갓길에 뭉쳐 쓰러져 있었다. 들개들의 울부짖음이 더욱 가깝게 느껴졌다. 우린 얼른 내려 현장으로 향했다. 관광버스 기사가 트럭 운전기사를 꺼내 부축하고 있었고 얼른 구급차를 불러 달라 소리쳤다. 내가 구급차를 부르는 동안 몇몇 돼지들은 어리둥절해하며 도로를 느리게 걸었다. 다행히도 운전수 두 명 다 겉으로는 크게 다치지 않아 보이는 듯했다.

—돼지 몰아. 얼른!

트럭 운전기사가 돼지아빠에게 고함에 가깝게 소리쳤는데 돼지아빠는 당황하면서 어딘가 엉성한 폼으로 어쩔 줄 몰라 했다. 운전기사는 전화를 해 대체 운송 차량을 불렀다.

ㅡ어어! 아부어비!

그제서야 돼지아빠는 아무렇게나 나오는 말로 돼지들을 갓길 한구석에 모았다. 엉성하고도 엉성하게. 자기 말마따나 아직 비기너 딱지도 떼지 못한 티가 잔뜩 나게. 촬영 첫날에 돼지와의 유대 관계를 보여 주기 위해 찍은 장면과 비슷한 모양새였다. 저런 사람이 돼지아빠라고 불릴 자격이 있을까. 저 돼지들을 키울 수 있을까. 보호할 수 있을까. 허리를 반쯤 숙이고 엉덩이는 뒤로 목은 앞으로 빼고 손짓으로 돼지를 모는 저 사람이? 그가 한참이나 한심스러운 행동을 하고 있는데, 건지 선배가 가드레일 뒤로 나무가 무성한 숲에서 두꺼운 나뭇가지를 가져와 땅에 부딪히며 큰 소리를 냈다.

ㅡ어어! 아부어비!

돼지아빠가 낸 소리를 따라해 나뭇가지를 힘차게 바닥에 부딪혔다. 그럼에도 돼지 중 몇몇은 흥분해 주변 돼지들과 몸을 부딪치며 큰 소리를 냈다. 두어 마리의 돼지들은 소란을 피우는 돼지가 무서운지 갓길의 구석으로 숨거나 자기네들끼리 몸을 맞대며 멀리 떨어지려 했다. 그 돼지들은 이내 중앙선을 넘어 가드레일 밖의 낭떠러지 쪽을 기웃거리기 시작했다. 사실 낭떠러지라기보단 경사가 있는 산속이었지만, 뭐가 그리 다를까. 저렇게 흥분한 돼지의 기세라면 분명 가드레일을 넘어 산으로 도망칠 것이었다. 그 몸짓에 나조차 괜한 불안감이 일었다. 나라도 돼지를 막아야겠다는 생각에 주변에 나뭇가지가 없나 두리번거리는데, 돼지가 크게 우는 소리가 들렸다. 소리 나는 쪽을 보니 돼지아빠가 언제 선배에게서 나뭇가지를 빼앗아 들었는지, 나뭇가지로 설치는 돼지들의 두개골을 후려치고 있었다.

  — 아이고 돼지 잡것소.

도로에 자빠진 듯 누운 트럭 기사가 소리쳤다. 소란을 피우던 돼지들이 가드레일에서 벗어나 갓길 쪽의 돼지 무리로 도망쳤다. 그의 앞모습이 겨우 보일 만한 사선의 각도라서 그의 표정이 어땠는지 확연히 보이진 않았다. 다만 숨을 몰아쉬는지 돼지아빠의 흉통이 커졌다 작아지는 것이 보였다. 그의 각진 턱 위로 턱 근육이 솟았다가 꺼지기를 반복했다. 아무런 말도 없이 두 다리를 땅에 댄 채 서서 나뭇가지를 쥔 돼지아빠의 모습은 장검을 든 장수의 모습 같기도 했다.

곧이어 경찰차, 앰뷸런스와 함께 대체 운송 트럭이 매연을 뿜으며 도착했다. 앰뷸런스가 관광버스 운전사와 트럭 운전수를 실어 갔다. 대체 운송 트럭 기사가 내려 철제 비탈길을 만들었다. 서너 명의 경찰관들과 우리가 돼지들을 몰아 운송 트럭에 실어 올렸다. 돼지들이 전부 실리자 차체가 육중하게 흔들렸다. 기사는 돼지 운송 20년 경력에 이런 일은 처음이라며 혀를 세게 찼다.

　－아따 저번에는 구제역으로 돼지들을 전부 도태시켰는디, 이번에는 큰일이 아니라서 다행이고마.

　경찰관 중 한 명이 돼지아빠의 어깨를 두드리며 말했다.

　－아따 돌아가신 아버지 뵙고 왔당께요.

돼지아빠는 장난스러운 어투로 말했지만 눈에 눈물을 가득 머금고 있었다. 저 눈빛이 필요했다. 저 무드가 우리의 연출에 가장 어울리는 것이다. 나는 단번에 알아봤다.

*

　점심 즈음 돼지아빠 차를 타고 읍내로 나갔다. 특별휴가라고, 대표는 젊은 애들끼리 나가서 놀고 오라고 했다. 그다지 나가 놀 기분은 아니었는데, 나와 돼지아빠, 유리 씨를 기어코 내보냈다. 어차피 저녁 즈음에는 복귀해야 했다. 압해의 관광 명소를 둘러본다거나, 바다에 가고 싶진 않았다. 그래서 읍내에 가 한정식을 먹기로 했다. 차 안에서 별다른 말이 없어서 그랬을까. 맞은편에서 질주해 오는 자동차가 우리를 지나칠 때 나는 날카로운 소리와, 돼지아빠가 액셀을 밟을 때 내는 엔진 소리가 그렇게 크게 느껴질 수 없었다. 라디오에서 음악이나 출연자들의 웃음소리가 들려오면 그제서야 어딘가 불편한 마음이 좀 덜어지고는 했다. 하지만 그나마도 터널을 지날 땐 주파수가 잘 안 잡히는지 잡음이 섞여 안 들리기도 했다. 내가 혼자 읍내에 나갈 땐 본 적 없는 터널이었다. 네비게이션에는 잡히지 않지만, 읍내로 나가는 지름길인 듯했다.

읍내에 다다라 식당 근처 도로 갓길에다 대충 주차를 했다. 식당에 들어가서는 돼지아빠는 자기가 사겠다고, 읍내에서는 인기가 많은 곳이라고 소개했다.

- 뜨거워요잉.

식당 사장님이 생선 매운탕을 가스 버너 위에 올리며 말했다. 기본 반찬 가짓수가 열 개는 더 넘게 나왔다. 신기한 건 제육볶음 조금과 회 몇 점도 같이 나왔다는 거다. 한정식을 시켰는데 회까지 주다니, 압해 클래스! 유리 씨는 해맑게 웃었다. 돼지아빠도 그녀를 보며 따라 웃었다. 입맛이 없었는데도 우린 정말 허겁지겁 먹어 치웠다. 뱃가죽이 늘어나는 게 실시간으로 느껴질 만큼.

- 나연 씨 영화 나도 볼 수 있을까요?

돼지아빠가 작은 눈을 부릅뜨며 말했다. 나는 자취방 하드 드라이브에 있다고 나중에 기회 되면 보여 드리겠다고 대충 둘러댔다. 물론 영화제 유튜브 채널에 있고 인터넷만 연결되면 당장 다운받을 수 있도록 클라우드에도 올려놓았지만…….

─아따 그래도 열심히 찍은 건디 유튜브에도 올리고 그래야, 어느 날 갑자기 대박 나고 그런 거 아니것어요?

나는 집었던 고기를 밥 위에 얹고 대답하려고 했다. 사실 이미 유튜브에 있다고, 좋아요와 댓글 많이 많이 부탁드린다고…….

─그걸 왜 유튜브에 올려요? 열심히 만들었으니까 함부로 안 올리는 거죠. 그렇게 헐값도 아니고 공짜로 소비되는 거 영화인들 죽이는 거예요. 작품 하나하나가 전부 내 자식 같은 새끼들인데.

유리 씨가 젓가락 든 손을 내리지도 움직이도 못 하며 말했다. 갑자기 왜 저런대. 그나저나 목소리가 조금 떨렸나. 아니 오히려 당찼나.

─왐메? 뭔 소리대요. 혼자 가지고 있으면 누가 알아준대요. 유튜브든 틱톡이든 어디든 일단 올려야 사람들이 봐 주제. 그래야 관심도 받고. 나를 많이 소개하고 드러내야 세상이 내 작품도 알아주는 거 아니대요? 저도 그래서 다큐 출연하겠다고 한 거예요. 발주 더 받아서 규모 좀 키우려고요. 압해 규모 납품에 만족할 생각이었으면, 애초에 하지도 않았죠.

─아니, 영화는 또 다른 거니깐.

유리 씨가 조금 작아진 목소리로 말했다.

─예술이라고 다를 게 뭐 있대요? 나는 돼지 키우고. 우리 감독님들은 작품 키우고. 둘 다 자식 같은 건디 뭐.

돼지아빠는 고기를 질겅질겅 씹으며 대수롭지 않다는 듯 대답했다.

ㅡ돼지아빠는 잘 모르실 거예요.

유리 씨가 젓가락을 상에 내려놓았다.

ㅡ순진해도 괜찮은 시절이 있지라. 오히려 부러운디요.

돼지아빠는 미동 없는 목소리로 가스 버너의 불을 켰다. 유리 씨는 물컵에 담긴 물을 마셨다. 한동안 말이 없었다. 매운탕이 점점 끓어 가며 보글거리는 소리를 냈다. 그때 나는 찌개 옆에 있던 스테인리스 물통을 집으려 왼손 검지를 뻗었는데 엄청난 열감에 으악! 소리를 내며 손을 뗄 수밖에 없었다. 나는 본능적으로 물컵에 손을 가져갔다. 열감이 좀 가라앉는가 싶었는데 컵에 손을 떼기만 하면 타는 듯한 고통이 손가락에 연신 맴돌았다. 유리 씨가 어떡하냐며 어쩔 줄 몰라 하는 사이 돼지아빠는 물수건으로 내 손가락을 감싸더니 사장에게 뿌리는 파스 없느냐고 물었다. 사장이 흔들어서 뿌리는 무언가를 가져왔고 돼지아빠는 내 손가락에 그걸 뿌렸다. 하얀 거품이 나더니 이내 시원해졌다. 왼손 검지의 안쪽은 뜨거운데 바깥쪽은 시원한, 그리고 나머지 손은 돼지아빠의 손 체온으로 따뜻했다. 유리 씨는 놀란 듯 물수건을 들고 그런 우리를 바라보고 있었다. 나는 그 표정을 지금도 해석할 수가 없는데, 그녀는 무슨 밥 먹다 돌을 씹은 것처럼 적당히 찡그린 표정이었다.

파스의 하얀 거품이 말라 투명한 물이 돼 흐르고, 나는 밥을 먹는 내내 찬 물수건을 손가락에 감싸고 있었다. 화상까지는 아니었는지 물집이 잡히지도, 열감이 계속되지도 않았지만, 식당을 나왔을 때 손가락에 벌건 흉터가 남아 있었다.

  밥을 다 먹고는 카페를 갈까 했는데, 유리 씨가 건너편에 압해 체육센터를 보고는 저기로 가자고 했다. 갑자기 웬 운동? 내가 말했는데, 유리 씨는 매일 무거운 거 들고 그러니까 몸이 찌뿌둥한 거라면서 간단한 운동이라도 하자고 그랬다. 돼지아빠는 자기가 물리치료학과 출신이라 몸 쓰는 거에는 자신 있다면서 좋아했다.

  - 나연 씨 목디스크가 있다 그랬지라? 목이랑 어깨에 좋은 스트레칭 있는디 가르쳐 드릴게요.

  우린 짐을 차에 두고 체육센터로 들어갔다. 들어가자 수영장 냄새가 짙게 났다. 젊은 사람들이 로비부터 웨이트 트레이닝 구역까지 곳곳에 있었다. 대부분은 아저씨, 아줌마였지만 돼지아빠의 또래들이 가장 활동적으로 움직이고 있었다. 센터는 밖에서 보는 것보다 훨씬 넓었는데, 1층은 웨이트 트레이닝을 할 수 있는 곳이었고 2층은 배드민턴 코트가, 3층에는 클라이밍 센터가 있었다. 수영장은 지하였다.

  - 저만 따라하세요. 그러면 나아질 건께.

  돼지아빠는 뭉친 승모근을 풀어 줘야 한다면서 양팔을 니은 자로 만들고 위로 쭉 뻗었다가 내렸다. 그를 따라하니 확실히 시원한 느낌이 들었다. 돼지아빠는 내 옆으로 와 내 날갯죽지를 마사지하듯 밀면서 내 양팔을 더욱 당겼다. 그러니 찌뿌둥하던 근육이 펴지는 것 같았다.

—자세 때문에 목이랑 어깨에 무리가 가는 거거든. 하루에 세 번씩 해 보셔요. 다들 이렇게 교정해요.

후드 티를 입은 나와 유리 씨는 어딘가 엉성해 보였겠지만, 검정색 반소매 티를 입은 돼지아빠를 보며 곧잘 따라하려 애썼다. 스트레칭 룸에서 나와, 클라이밍 센터인 3층으로 올라갔다. 돼지아빠가 앞장 서 올라가 코치로 보이는 한 남자와 친한 듯 인사를 나눴다. 나와 유리 씨는 마지막 층계참에 서 있었다. 겨우 3층을 올라온 것인데도 숨이 차고 허벅지와 무릎, 종아리까지 뻐근했다. 유리 씨도 마찬가지로 숨을 몰아쉬었다. 우린 잠시 층계참 벽에 등을 대고 쉬었다. 센서등 불이 꺼졌고 계단 위 환한 클라이밍 센터 입구에서 이야기를 나누는 그가 보였다. 유리 씨는 숨이 가득 묻은 소리로 말했다.

—질투 나 죽겠네…….

위에서 내려오는 빛에 그녀의 얼굴이 푸르게 비쳤다. 무슨 소리냐고 묻기도 전에 그녀는 성큼성큼 계단을 올랐고 센서등이 켜졌다. 클라이밍 센터로 들어가는 그녀의 뒷모습이 거대하게 보였다.

클라이밍 센터에 들어서니 암벽이 천장 가까이 높이 솟아 있었다. 꽤나 많은 이들이 돌을 쥐고 발을 구르며 등반하고 있었다. 돼지아빠는 코치에게 우리를 소개하지는 않았고 초급자 코스부터 고급자 코스까지 소개하면서 몇 가지 유의사항을 말했다. 무리해서 올라가지 말고 내려올 것. 도움이 필요하면 바로 요청할 것. 갑자기 뛰어내리지 말 것.

─ 여긴 규제가 많아요. 아무래도 다칠 수 있으니까. 어떻게 하라는 말을 잘 듣는 것도 중요하지만, 하지 말라는 걸 안 하는 게 제일 중요해요. 제 말만 잘 들으면 안 다쳐요.

돼지아빠는 어색한 서울말을 마치고 내기를 제안했다. 먼저 암벽 패널 끝까지 올라간 사람이 마지막 날에 맥주를 사기로. 우린 좋다고 했고 함께 초급자 패널 앞에 섰다. 패널 아래에는 푹신한 매트가 놓여 있어 떨어져도 전혀 아플 거 같지 않았다. 발을 딛는 것부터 어려웠지만 나와 유리 씨는 꽤나 능숙하게 홀드를 잡았다. 처음 치고는 우리 잘하는 거 같은데? 이런 말을 하면서 우린 계속 올랐다. 돼지아빠는 신났는지 빠르게 초급자 패널을 정복하고 중급자 코스로 넘어갔다. 첫걸음만 쉬웠지 나와 유리 씨는 조금 지나자 낑낑대며 패널을 올랐다.

─ 포기하지 않는 우리가 일류 아닐까요?

그녀는 웃으며 말하고는 나를 추월해 내 손보다 높은 곳에 위치

한 홀드에 발을 디뎠다. 나는 오른발에 힘을 줘 겨우 다음 홀드를 집었다. 그때 찌이익. 무언가 찢어지기라도 하는 듯 손가죽이 외벽에 박힌 스톤과 마찰하는 소리가 들렸다. 아까 데인 손가락이 아려 왔기에 하마터면 잡은 손을 놓쳐 미끄러질 뻔했다. 그래도 얼른 중심을 잡았기에 다음 홀드에 발을 디딜 수 있었다. 어느새 나는 유리 씨를 추월해 보다 높은 곳에 올랐고 초급자 암벽 정상이 보였다. 저는 여기까진 거 같아요……. 유리 씨는 힘이 다 빠진 목소리로 말했다. 나는 별안간 웃음보가 터져 몸에 힘이 풀릴 뻔했다.

—조금 더 매달려 봐요. 그 구역만 넘어가면 괜찮응께.

그녀는 암벽 중반부 이상 올라가지 못하고 한 구역에서 헤매고 있었다.

—어느 홀드를 손에 쥐고 발을 올려야 돼요? 여기서부턴 정말 모르겠어요.

그녀는 나를 올려다보며 말했다.

—난 여기서 끝. 더 이상 못 하겠네.

그녀는 말을 마치고 쓰러지듯 뛰어내렸다. 유리 씨의 몸은 자유낙하 하듯이 순식간에 매트 위로 떨어졌다. 그녀는 엉덩방아를 찧듯 안착했지만 이내 뒤통수를 푹신한 매트에 대고 누웠다. 그렇게 뛰어내리시면 위험합니다. 뒤에서 트레이너가 굵은 목소리로 주의를 줬다. 나는 홀드를 천천히 밟고 내려가 그녀 옆에 앉아야 할지, 아니면 홀드를 잡고 계속 올라가야 할지 고민했다. 좀 더 매달릴까, 계속 매달리다 보면 곧 암벽 위까지 다다를 수 있지 않을까……. 고개를 올려 보니 우리와 함께 시작한 다른 회원 몇몇이 이미 암벽 정상에 다다르고 있었다.

여전히 중반부에 매달려 있는 나는 유리 씨를 내려다봤다. 그녀는 마냥 편안해 보였다. 정말일까? 그랬던 거 같다. 그녀의 모습은 정말이지 미련이라고는 더 이상 없어 보였다. 나는 뻐근해지는 목과 어깨의 통증을 온몸으로 느꼈다. 건너편 중급자 암벽을 오르고 있는 돼지아빠가 나를 보고는 말했다.

– 유리 씨는 벌써 포기했어요? 나연 씨는 할 수 있어! 어깨에 힘을 줘요. 어깨에!

나는 힘을 줘 다음 홀드를 집었다. 정상까진 아니었지만 생각보다 더 높이 올라갈 수 있었다. 유리 씨는 매트 위에 앉아 나를 신기한 눈으로 쳐다봤다. 내려오니 팔과 다리, 어깨까지 아프지 않은 곳이 없었다. 돼지아빠는 스트레칭 룸에서 마무리 스트레칭을 하자고 했다. 나는 더 이상은 어떤 것도 할 수 없을 거 같았지만 쑤신 부분을 잘 풀었다. 폼 롤러도 이용하고 벽면에 붙은 스트레칭 안내 그림을 따라하면서. 그런데 돼지아빠는 자꾸만 나와 유리 씨에게 알려 주려고 했다. 이렇게 하면 통증이 가라앉는다고. 자기가 가르쳐 주는 대로만 하라고.

— 괜찮아요. 혼자서도 잘할 수 있어요.

내가 말했다. 그러자 돼지아빠는 민망한 듯 허탈한 웃음을 지으며 답했다.

— 정말 필요 없어요?

저녁이었고 집에 돌아가고 있었다. 마찬가지로 말이 없었다. 나도, 유리 씨도, 돼지아빠도. 그래도 돼지아빠는 뒷자리에 앉은 우리를 힐끔대며 어떤 말을 하고 싶어하는 거 같긴 했다. 내가 조수석에 타지 않은 이유는, 그 힐끔댐에 응당한 리액션을 해 줘야 할 거 같은 부담감 때문이었다. 아마 유리 씨도 비슷하지 않았을까. 하지만 돼지아빠는 결국 이야기를 꺼내고 말았다.

— 유리 씨. 저번에 저희 형 때문에 마음이 많이 상하셨지라? 서운했을 거야. 내가 대신 미안해요.

언제를 말하는 걸까. 인서트 촬영을 망친 날? 아니면 그걸 비교당한 날? 아니면 내가 알지 못하는 그 어떤 날? 유리 씨는 어색하게 흐흐— 하며 웃을 뿐이었다. 이럴 땐 그냥 아무 말 안 하는 게 좋은 건데……. 돼지아빠는 끝없이 말을 쏟아 냈다. 나에게 했던 말과 그다지 다르지 않았다. 사실은 좋은 사람인데…… 요즘 불경기다 보니까 회사 자금 상황이 안 좋은지 많이 힘들어하더라…… 우리 형 성격 이상한 거 아니까 나한테는 다 말해도 된다……. 그 입 좀 제발! 나는 말이 목 끝까지 차올랐지만 도저히 그럴 기운이 없어 고개를 창문에 대고 눈만 천천히 깜빡였다.

  터널에 진입했다. 적산가옥에서 나올 때는 하얀 조명이었는데, 저녁 즈음이라 그런지 무지개처럼 다양한 색깔의 조명이 빠르게 깜빡였다. 벌건 조명이 자동차 안을 가득 메웠을 때 유리 씨가 답했다. 신경 써 주셔서 감사하다고. 덕분에 한 달 동안 힘이 났다고. 돼지아빠는 룸미러로 뒷좌석을 흘긋 보더니 입꼬리를 어쩔 줄 몰라 하며 말했다. 그간 자신이 여러분을 위해 얼마나 노력했는지 아느냐고. 마치 기대하던 칭찬을 들은 아이 같은 얼굴이었다. 이내 벌건 조명이 빠져나가고 노란빛이 쏟아져 들어왔다. 그는 입꼬리를 올리고는 단단한 목소리로 말했다.

  ─그러니까 제 말은……. 두 분이 이해 좀 해 주세요. 좋은 게 좋은 거니까요.

  말을 끝낸 그의 목엔 핏대가 서 있었다. 돼지아빠는 룸미러로 우리를 한 번씩 훑고는 옅은 미소를 지었다. 노란빛이 지난 다음 파란빛이 한바탕 차 안을 휩쓸었다. 곧이어 보랏빛이 몰려왔다. 넓은 어깨에 비해 가늘고 하얀 그의 목에 여전히 푸른 혈관이 솟아나 있었다. 그것이 아름답지만 어딘가 징그러워 보였다. 그는 내 시선을 의식했는지 고개를 돌려 나를 쳐다봤다. 다양한 색의 빛이 빠르게 그를 훑었다. 조명의 색깔이 바뀔 때마다 돼지아빠의 얼굴엔 다양한 명암이 생겼다. 턱이 파랗게 그늘졌을 땐 웃고 있는 거 같았고, 눈이 빨갛게 그늘졌을 땐 우는 거 같았고, 얼굴 전체가 노랗게 밝아졌을 땐 억울해 보였고, 이마가 검게 어두워졌을 땐 뿔이 나 보였고, 다시 얼굴 전체가 하얘졌을 땐 기뻐 보였다. 어떤 모습이 진짜 그의 모습인지 알 수 없었다. 같은 빛이 쓸고 간 내 얼굴은 그에게 어떻게 보였을까.

터널의 끝이 영 보이질 않았다. 구부러져 있나. 여튼 그 끝은 아직 한참 남아 있었고 화상 아닌 화상을 입은 왼손 검지의 벌건 흉터는 그 갖은 조명 속에서도 아주 확실하게 벌겋다.

*

성탄절이었고 마지막 촬영을 앞둔 새벽이었다. 내일이면 드디어 서울로 돌아간다는 생각에 싱그러워질 만도 한데, 영 그럴 기분이 아니었다. 모리스 씨가 숙소로 헐레벌떡 찾아와 돼지아빠를 깨웠는데, 그 소리가 요란해서 덕분에 모두가 깨어났다. 새끼를 밴 어미 돼지들 중에 몇 마리가 새끼를 이미 낳았다는 소식을 전하려고 그런 것이었다. 촬영과 밤샘 편집 때문에 그저 눈을 감기만 해도 잠에 빠져들 것만 같았는데, 출산의 모습을 급하게 촬영하러 나와 유리 씨가 돈사로 향했다. 분만사에서는 세 마리의 돼지가 새끼를 출산하려는지 끙끙대고 있었는데, 돼지아빠와 모리스 씨는 이미 유니폼과 장갑을 착용하고 새끼 받을 준비를 하고 있었다.

―아따 진통을 그저께부터 하더니만 결국 지금 낳아 브렀네. 근디 생각보다 너무 적게 낳았는디.

돼지아빠가 새끼돼지에게 젖을 물리고 있는 돼지들을 보며 말했다. 돼지는 보통 한 번에 여섯 마리 이상 낳는데, 열 마리의 어미 돼지 중에 가장 많이 낳은 새끼돼지 수가 일곱 마리밖에 안 된다는 거였다. 어미 배 밖으로 나온 지 채 두 시간이 되지 않았는데도 새끼돼지들은 힘차게도 어미의 젖을 빨고 있었다. 서로를 깔아뭉개고 뭉개지면서.

―나온다!

모리스 씨가 한 어미돼지 앞에 무릎 꿇고 앉았다. 피인지 흙물인지 모를 검붉은 액체가 돼지 둔부에서 가득 쏟아져 나왔다. 나는 카메라를 들고 있으면서도 눈을 찌푸렸다. 뷰파인더로 보는 것인데도 징그러웠다. 유리 씨는 인터뷰를 했다. 어떻게 해야 순산할 수 있죠. 돼지아빠는 유리 씨에게 수건을 건네며 말했다.

―이놈은 초산이라 사람이 직접 빼 줘야 돼. 산도가 좁아서 새끼가 나오다 질식해 죽어 불거든요.

돼지아빠가 모리스 옆에 앉았다. 나는 눈을 찌푸려 시야를 거의 가리면서 그 모습을 촬영했다. 작은 구멍에 앙상한 돼지 다리가 보였다. 모리스 씨가 먼저 그 다리를 잡고 꺼냈다. 아주 거침없었다.

─숨 안 쉰다.

모리스 씨가 말했다. 그는 돼지를 양손으로 잡은 채 두 다리의 힘으로만 일어났다. 그러고는 돼지를 젖은 수건 털듯이 위에서 아래로 흔들었다.

─이 아이 죽은 거예요?

유리 씨가 수건을 쥔 손으로 자기 입을 막으며 물었다.

─바로 나온다!

이번엔 돼지아빠가 어미에게서 새끼 한 마리를 더 꺼냈다. 그 새끼도 숨을 쉬지 않았다. 돼지아빠도 마찬가지로 새끼를 허공에 흔들었다. 나는 그 모습을 놓치지 않고 렌즈에 담았다.

─또!

이번엔 옆 우리에 있는 어미에게서 새끼가 나오고 있었다. 그 어미는 초산이 아닌지 새끼가 미끄럼틀에서 미끄러지듯 부드럽게 나왔다. 모리스가 붙들고 있던 새끼를 유리 씨에게 주고 옆 우리로 넘어갔다.

─애야. 숨 쉬어. 숨 쉬어.

유리 씨가 수건으로 받아 든 새끼의 태를 벅벅 닦으며 혼잣말을 했다. 그러면서 심폐소생을 해 보려는 듯 새끼의 가슴팍을 두드렸다. 나는 유리 씨를 촬영하지 않고 돼지아빠를 찍었다. 돼지아빠는 능숙하게 새끼의 숨통을 열었다. 그러고는 주머니에서 매직펜을 꺼내 새끼돼지 등에 8을 쓰고 바로 모리스 쪽으로 넘어갔다. 바닥에 누여진 새끼는 제 어미를 아는지 어미의 얼굴에 자기의 온몸을 한참 비볐다. 아직 닦이지 않은 태 사이로 8이라는 숫자가 거대하게 보이는 거 같았다. 새끼는 이내 젖을 찾아가 빨았다.

- 숨 쉰다!

유리 씨가 외쳤다.

- 왐메 잘하셨소.

옆 우리에서 새끼를 꺼내며 돼지아빠가 말했다. 그렇게 세 시간을 내리 새끼돼지들을 받았다. 총 스무 마리의 새끼가 나왔고 한 마리는 결국 숨을 쉬지 못하고 죽었다. 악취도 느껴지지 않을 만큼 내겐 급박하고 꽤나 충격적인 이미지들이었다. 하지만 뭔가 이뤄낸 성취감이 들었다. 생명을 만들어 낸 기분이랄까. 마치 내가 무슨 창조주라도 된 것처럼. 어느새 아침이 되었고 촬영을 종료했다. 카메라를 챙기고 분만사를 나오려는데, 건너편 우리에 다른 돼지들이 그런 우릴 지켜보고 있었다. 곧 새끼를 낳을 돼지들. 눈이 마주치는 몇몇 돼지들이 부채처럼 넉넉한 귀를 펄럭였다.

- 낳을 놈들보다 이제 곧 애를 밸 후보돈들이 수정을 잘해야 되는디. 이럴 때마다 긴장돼 죽겠당께.

돼지아빠가 죽은 새끼 돼지를 품에 안고 나를 앞질러 가며 말했다.

─94번 저 년이 사고모돈. 아주 말썽이지라. 자꾸 지 새끼를 죽인께. 시식용으로 미리 잡아 불던가 해야제 아따 그냥.

그는 분만사 문을 닫고 포유돈사를 가리키며 말했다. 그는 돈사 끝 분만사 앞에 크고 낡아 녹이 잔뜩 슬어 있는 드럼통이 있었다.

─태워야 돼요.

돼지아빠가 말하자 모리스가 먼저 유니폼과 장갑을 넣었다. 피와 분변, 건초와 태가 잔뜩 묻어 있었다.

─죽은 새끼 돼지도 이곳에서 태우나요?

유리 씨가 태로 잔뜩 더러워져 검붉어진 수건을 드럼통에 넣으며 말했다.

─아뇨 돈사 담장 밖에 버려두면 들개들이나 까치 같은 새들이 뜯어 먹어요.

돼지아빠는 새끼를 품에 안고 돈사 끝 담장 뒷편으로 걸어갔다. 그 뒷모습이 씩씩해 보이기도 하고 조금 지쳐 보이기도 했다.

돌아온 돼지아빠가 유니폼을 벗어 넣으니 드럼통의 반이 찼다. 모리스 씨가 돈사 사무실에서 석유가 든 플라스틱 기름통을 가져왔다. 뚜껑을 열고 쏟아부었다. 마지막으로 돼지아빠가 장갑 두 쪽을 벗었다. 기름 냄새가 코를 찔렀다.

─불 좀…….

돼지아빠가 유리 씨에게 물었다. 유리 씨는 라이터가 없다고 했다. 내가 주머니에서 라이터를 꺼내서 건넸다. 피. 흙. 태. 그리고 더 많은 것들이 묻어 있을 장갑에 불이 붙었다. 그는 드럼통에 던졌다. 우리가 버린 것들의 표면에 불이 붙었다. 표면에만. 석유에 불이 붙은 것이겠지. 불은 점점 아래로 내려가 속까지 뜨겁게 달굴 것이다. 건조한 바람이 불었다. 불꽃이 드럼통 벽 높이를 넘지 못했다. 나도 담배를 꺼내 불을 붙였다. 나, 돼지아빠, 모리스, 유리. 우리 네 사람은 다같이 담배를 피웠다. 연기와 담뱃재가 바람을 따라 이리저리 날렸다. 텁텁하고 매운 담배향이 쓰라리게 폐로 들어갔다. 돼지아빠가 먼저 담배를 다 태웠다. 그다음엔 내가. 모리스와 유리 씨는 담배가 아주 짧아질 때까지 피웠다. 모리스는 한 대 더 피우고 싶어하는 눈치였던 거 같은데, 다 피우지도 못한 담배를 서둘러 드럼통에 넣었다. 우린 한동안 말없이 불꽃이 일렁이는 걸 가만히 쳐다봤다. 다들 뭐 하고 있을까. 몇몇은 적산가옥에. 몇몇은 외국인 직원 숙소에. 돼지들은 우리 뒤 돈사에. 분만사. 포유돈사. 임신사. 육성사. 종부사. 난생 처음 들어 보는 이름들. 하지만 왠지 익숙한. 점점 재가 되어 가는 쓰레기들은 검고 진한 연기를 내뿜었다. 몸통 두꺼운 연기가 하늘 위로 춤추듯 날아갔다. 바람이 세찼다. 바람 소리가 불태우는 소리를 삼켰다. 이제 돈사에서의 촬영은 시마이. 오늘이면 모든 촬영이 정말로 끝나는 거였다. 끝. 그래, 마지막이었다. 우린 내일이면 서울로 돌아간다. 적산가옥으로 돌아가는 차 안에서 나와 유리 씨는 말없이 강을 바라보았다. 그녀에게서 돼지 냄새가 났다. 나에게도 나겠지. 왠지 평소보다 지독한 느낌이었다. 샤워를 빨리 마치고 남은 촬영을 가야지, 그 생각뿐이었다.

 마지막 촬영은 휴일에 돼지아빠와 외국인 직원들이 성당에 들르고 읍내에 나가 여가를 즐기는 모습을 담으면 되는 거였다. 선배는 남자들은 읍내에 미리 나가 있을 테니, 나와 유리 씨가 성당 촬영을 하라고 했다. 인서트 컷 찍은 거 보니까 믿고 맡겨도 되겠다면서 말이다. 한숨도 자지 못하고 모두가 차를 타고 읍내로 나갔다. 라디오에서는 화재 뉴스가 연신 보도되고 있었다. 홍장군에 있는 산에서 시작된 불이 바람을 타고 계속 뻗치고 있다는 거였다. 대기가 워낙 건조하고 바람이 세차게 사방으로 불어 불길이 빠른 속도로 번지고 있다고 했다.
 ─설마 불이 여기까지 오겠어?
 운전하고 있는 선배가 나지막이 말했다.
 ─천재지변이라고는 없는 곳이야앙. 압해는.
 대표는 대답을 마치고 목이 칼칼한지 억지스럽게 목 긁는 소리를 내고 헛기침을 했다.
 읍내에 도착해 나와 유리 씨는 카메라 한 대를 챙겨 돼지아빠와 외국인 직원들을 따라 성당으로 갔다. 나머지는 차를 근처에 세워 놓고 읍내 곳곳의 인서트를 딴다고 했다. 각개전투 합시다! 대표가 말했고 나와 유리 씨는 그들과 찢어져 성당으로 향했다.

성당에서 외국인 직원들과 돼지아빠는 신자들과 신부님과 밝게 인사를 나누고 있었다. 오랜만에 오셨네요 다큐도 찍고 연예인 같아요. 신부님은 사람 좋은 웃음으로 돼지아빠를 반겼다. 성탄절이라 그런지 성당은 신자들로 붐볐다. 미사가 시작되자 신부는 성수채에 담긴 성수를 곳곳에 뿌렸다. 유리 씨는 돼지아빠와 외국인 직원들이 눈을 감고 기도하는 모습을 유심히 담았다.

주 너희 하느님을 사랑하고 그분의 말씀을 들으며 그분께 매달려야 한다. 신부님은 성경의 구절을 읽고 일장연설을 했다. 나는 쭈그려 앉아 벽에 고개를 기댔다. 트라이포드에 매달린 카메라 뷰파인더를 유심히 보고 있는 유리 씨를 올려다봤다. 눈이 감겼다. 내 고개가 떨어지는 게, 스스로가 졸고 있는 게 느껴졌다. 그럼에도 정신을 차리고 싶지 않았다. 도저히 잠에서 스스로 깰 수는 없을 거 같았다. 신부님의 음성이 끊겨서 들렸다. 주님, 화재로 고통받는 이들을 가엾게 생각해 주시고…… 화마로부터 우리를 구해 주시며……. 졸음에서 깨어난 건 얼굴에 튀긴 물방울의 차가움 때문이었다. 신부님이 내게 성수라도 뿌린 걸까. 눈을 떠 보니 유리 씨가 귀엽게 웃고 있었다. 조용히 시야가 밝아졌다. 그녀의 두 눈은 촉촉해 보였고 손가락에는 물방울이 떨어지고 있었다. 그녀는 내게 삼다수를 건넸고 나는 고개를 숙여 미안하다는 표시를 취했다. 카메라 앞 신자들은 눈을 감고 고개를 숙인 채 여전히 신부님의 말씀을 듣고 있었다. 졸음의 여파일까, 모두가 고개를 숙이며 두 손 모아 기도하고 있는 모습이 낯설게 보였다. 저들은 무엇을 빌고 있을까? 어떤 걸 염원하고 있을까? 저 기도는 정말로 화재를 걷어 갈 수 있을까? 들켜서는 안 될 어떤 질문들이 자꾸만 떠올랐다. 이내 다시 눈이 감겼다. 조용히 시야가 흐려졌다. 그런데 내 오른쪽 손등에 까끌거리는 감촉이 손등에 돋아난 혈관을 간지럽혔다. 옅게 눈을 뜨니 유리 씨가 물 묻은 손가락으로 내 손등에 글을 쓰고 있었다. 나는 눈을 감고 그녀가 그리는 자음과 모음의 배합을 감촉으로 추측해 소리 내 말했다. 그림 같기도 하고 기호 같기도 한 그 느낌.

　-이.

화살표가 겹쳐져 그려지는 듯한 느낌이었다.

　-제.

글자의 높이가 높은지, 그녀의 검지 손가락이 내 엄지 손가락까지 내려왔고 물방울 한 줄기가 내 엄지를 타고 흐르는 느낌이었다.

　-끝.

　-ㅎㅎ.

유리 씨는 낮은 목소리로 짧게 웃었다. 그때 나무 의자들이 삐걱거리는 소리가 났다. 신도들이 일어나 짐을 챙기기 시작한 것이었다. 신부는 새하얀 웃음을 지으며 성탄절을 잘 보내라고 말했다. 그의 옆에는 성수채가 성수 통 안에 담겨 있었다. 돼지아빠와 외국인 직원들도 겉옷을 챙기고 있었다. 우린 카메라를 철수하려 트라이포드와 카메라의 연결을 해체했다. 그때 일제히 모든 이의 휴대폰에서 진동과 알림이 울렸다. 긴급재난문자였다.

  [흥장군청] 산불 재발화. 탐진강 권역으로 확산 중. 인근 주민 대피 요망.

*

자동차 히터에서 건조하고 뜨거운 바람이 나오고 있었다. 마지막 촬영이었다. 펼쳐 본 일촬표에는 빨간 줄이 그어져 있었다. 축사에 있는 돼지들이 맛있게 사료를 먹는 모습. 유리 씨가 그 촬영을 마치고 오면 픽업해서 적산가옥으로 돌아가고 끝이었다. 그걸로 끝. 촬영이 정말로 끝나는 거였다. 마지막. 그래 마지막이었다. 우린 내일이면 서울로 돌아갈 것이었다. 창문 너머로 유리 씨가 카메라를 들고 뒤뚱거리며 걸어오는 모습이 보였다. 거치대에 올려둔 휴대폰에 알람이 왔다. 진수였다. K의 소식을 들었다고. 다음은

네 차례니까 너무 마음 쓰지 말라는 메시지였다. 조수석 문이 열렸고 카메라가 좌석에 놓였다.

—제가 운전할게요.

유리 씨는 옅게 웃으며 말했다. 운전할 줄 알았구나. 나는 카메라를 안고 조수석으로 옮겨 앉았다. 유리 씨는 불안하게 운전했다. 핸들을 이리저리 미세하게 흔들고 너무 느리게 운전했다. 운전 연습을 하는 건가, 뜬금없이 싶었다. 그동안 고생했다고, 가편집까지 하는 게 내 업무니까 오늘은 푹 쉬자고 말했다. 유리 씨는 들릴 듯 말 듯 숨소리를 낼 뿐 별다른 말을 잇진 않았다. 적산가옥에 도착했을 즈음 유리 씨는 속력을 늦추더니 말했다. 어차피 업무도 다 끝났는데, 드라이브나 하자고.

내 답을 듣기도 전에 그녀는 핸들을 틀고 액셀을 밟았다. 내 몸이 좌석에 세게 부딪혔다. 적산가옥이 금세 우리 뒤로 지나갔다. 압해산으로 들어가면 읍내가 나오고, 좌회전을 하면 외국인 숙소로 향하는 강변도로가 나올 것이었다. 그녀는 좀 망설이는가 싶더니 이내 산으로 향했다. 카메라를 쥐고 있는 내 손에는 괜스레 땀이 났다. S자로 구부러지는 도로였기에 커브를 많이 해야 했다. 아까와는 다르게 유리 씨는 꽤나 능숙하게 핸들을 돌렸다. 덕분인지 양옆에는 산밖에 없었지만 전혀 지루하지 않았다. 몸이 오른쪽으로 기울어지고…… 왼쪽으로 기울어지고……. 그래도 괜찮았다.

오히려 편안했다. 늘 그래 왔던 것처럼. 유리 씨는 창문을 열었다. 나뭇잎이 흔들리는 소리가 들렸고 찬바람이 불었다. 히터에서 오는 따뜻함과 찬 기운이 내 얼굴 앞에서 싸우는 것처럼 어떨 땐 따뜻하고 가끔은 미지근하고 또 자주 찼다. 난 핸들을 꽉 쥐고 있는 유리 씨의 손을 응시했다. 탄산이 목 안에서 터지기라도 하듯 쓰라린 느낌이 들었다. 유리 씨가 나를 흘끔거렸다. 나는 바람 때문에 눈이 시려 와 눈을 감았다. 그녀를 보고 싶지 않았다. 별안간 무서웠다. 차가 빠르게 가는 느낌이 났다. 국도변의 나뭇잎이 지나가는 소리가 빨라지고 바람의 소리도 점점 가늘게 높아졌다. 유리 씨가 속도를 높인 모양이었다. 몸이 뒤로 쏠렸다가 옆으로 또 반대편으로 움직였다. 나는 중심을 잡을 수 없어 눈을 거의 뜨지도 못한 채 본능적으로 창문 위 손잡이를 잡았다. 우리 이제 돌아가자 유리 씨. 이 말을 하려 눈을 뜨려던 찰나, 쿵 소리와 함께 차가 갑자기 멈춰 섰다. 좌석에 진동이 느껴질 정도의 충격이었다. 창문 밖으로 튀어나갈 것 같았다. 눈을 뜨니 유리 씨는 주먹을 가슴에 올리고 숨을 몰아쉬고 있었다.

—고라니가…… 갑자기…….

그녀가 놀란 듯 말했다. 나는 갑자기 화가 치밀어 소리를 질렀다.

—커브 길에서는 당연히 속력을 줄여야죠. 커브 길인 거 뻔히 알면서 속도를 그렇게 높이면 어떡해?

―몰랐어요. 갑자기 저게 튀어나올 줄, 나는 정말 몰랐단 말이야.

유리 씨는 동그란 눈을 깜빡였다. 혹시나 하는 생각에 안전벨트를 풀고 밖으로 나가 보았다. 고라니는 없었다. 어느새 사라진 걸까. 아니면 애초에 없었던 걸까. 차에 치였으면 핏자국이라도 있을 텐데, 주변엔 혈흔 하나 없었다. 건조하고 찬 바람이 불 뿐이었다. 유리 씨도 따라 나왔다. 고라니를 찾는 듯 주변을 두리번거리는 그녀는 여전히 숨을 몰아쉬고 있었다.

―저기서, 분명히 저기서 갑자기 튀어나왔는데.

나는 고개를 돌려 그녀가 손가락으로 가리키는 곳을 한참 봤다. 낭떠러지처럼 가파르게 경사진 산 비탈길 너머로 나무들만 가득했다. 아무리 야생동물이라지만 저런 곳에서 갑자기 튀어나왔을 거 같진 않은데…….

―안 다쳤으니까 됐어요. 우리 이제 돌아가요.

우리가 운전한 자동차 뒤에는 아래로 내려가는 구불구불한 길이 한참이고 이어져 있었다. 꽤 멀리 나온 모양이었다. 이렇게 먼 거리를 운전해 올라왔었나.

돌아가는 길은 내가 운전했다. 속력을 내지 않았다. 내리막길이라 그런지 액셀을 밟지 않아도 빠르게 내려가는 거 같았으니까. 나는 액셀을 거의 밟지도 않은 채 부드럽게 운전했다. 핸들은 최대한 부드럽게 꺾였다. 창문도 닫았다. 차 밖에서 거센 바람과 그에 스치는 나무 우는 소리가 들렸다. 우린 말도 없이 그 소리를 듣기만 했다. 내리막길의 끝에 다다랐을 즈음 적산가옥이 보였다. 웅장한 그 모습이 너무 익숙해서 낯설었다.

안에 들어가니 대표와 건지 선배가 응접실에 앉아 이야기를 하고 있었다. 돼지아빠는 읍내에 나가 술과 먹을 것 좀 사 오겠다며 패딩을 입고 차 키를 챙겨 나갔다.

대표는 마지막 날이니 쫑파티를 하자고 했다. 음향감독과 촬영감독은 그간의 회포를 풀자며 좋아했다. 유리 씨는 2층에서 조금 자다가 내려오겠다고 했고 나는 갈아입을 옷을 챙겨 샤워실로 들어갔다. 샤워실이 대표의 방과 바로 맞닿아 있어 조금 불편했지만 어쩔 수 없었다. 역시 수도꼭지를 빨간 스티커가 붙은 곳으로 돌려도 따뜻한 물이 나오질 않았다. 그때 벽을 타고 대표의 목소리가 들렸다. 웅얼웅얼대는 듯한 소리가 벽을 타고 잔잔하게 울렸다. 끊겼다가 들렸다가 희미해졌다가 선명해졌다가 하면서. 나도 모르게 대표의 방과 샤워실을 나누는 벽에 귀를 댔다.

— 회사 자금 상황이 퇴직금을 주기가 …… 너 착각 …… 꿈은 때때로 칼 …… 그거 쥐면 …… 할 수 있을 거 같지 …… 네가 베여 …… 어디 네 맘대로 …….

그러고는 아무 말 없이 조용해지더니 이내 문이 열리는 소리가 들렸다. 나는 급하게 수도꼭지를 열었다. 우연히 엿들은 것뿐인데 왜 내가 다 죄를 짓는 기분일까. 찬물이 닿으니 피부가 찢어질 거 같았다. 근육과 뼈까지 굳는 듯 한껏 움츠러들었다. 샤워실을 나오니 돼지아빠와 대표가 응접실에서 갖가지 요리를 꺼내 놓고 있었다. 온갖 음식물 냄새가 가득했다. 돼지아빠는 나를 보고 생긋 웃으며, 그간 고생했는데 오늘 자기가 제대로 대접하겠다고 말했다. 우리 형제의 특별 코스를 기대하세요오옹. 대표는 수육용 고기를 접시에 옮기면서 나를 보고 웃었다. 어쩜 저리도 생기로울까.

나는 담배를 챙겨 정원으로 나갔다. 그런데 외투 주머니에 라이터가 없었다. 주변을 둘러보다가 숙소로 들어갈까 했는데 장작 패는 곳에서 인기척이 들렸다. 침을 뱉는 소리도 들렸다. 선배였다. 불 좀……. 우린 담배를 깊게 들이마셨다. 담배 끝에서 붉은 빛이 작열하는 것처럼 보였다. 선배는 그동안 고생 많았다고, 서울 가서도 가편집은 사흘 안에 보내 줘야 한다고 말했다. 끝까지 유종의 미를 잘 지켜 달라고도. 선배 그만두려는 거야? 하지만 내가 알 바는 아니겠지. 가장 무서운 것이 돈, 아니 돈 없는 상황이라는 걸 대표도, 선배도 아는 것이겠지. 내가 별말 하지 않자 그는 짧게 끊어서 나를 힐끔거리다가 이내 말을 이었다.

— 내가 많이 모질었지?

지겨운 말이 시작될 거 같았기에 그런 말 말라고, 덕분에 어디

가서도 사회생활 잘할 수 있을 거 같다고 억지로 웃으며 에둘러 말했다. 선배는 연기를 내뿜으며 말을 이었다.
　- 네가 얼마나 열심이었는지 알아. 너 맨날 지하실에서 시나리오 썼잖아. 여기서 모르는 사람 없어. 잠도 줄여 가면서까지……. 일도 제대로 하려고 애쓰고. 그렇게 안 하려는 사람들이 더 많은 세상이잖아. 대단한 거야 너.
　그런 줄 알았으면, 잘한다는 말이라도 한 번 해 주지. 좀 그러지.
　- 그런데 난 네가 그렇게 싫더라. 스스로를 매몰시키면서까지 꿈을 좇는 네가.
　그가 침을 길게 삼키더니 말을 이었다.
　- 열심히 일하는 네가 나를 보잘것없는 사람으로 만드는 거 같았어. 내 안의 어떤 내가 훼손되는 거 같았어.
　그의 표정이 너무 엄숙한 바람에 내가 다 할 말이 없었다. 대체 내가 왜.
　- 잘 숨겨 놓은 내 안의 어떤 게 스러지지 않으려면, 널 주저앉혀야 했어. 뭉개지지 않을 만큼만. 너한테 모진 말 하는 와중에도 내 입을 꿰매 버리고 싶었어. 오버한다는 거 나도 느꼈거든. 너 왜 이 따위 말을 하는 거야. 왜 이러는 거야 도대체. 후회할 텐데. 이런 생각이 들었는데도, 멈출 수가 없더라고. 나는 가끔씩 언제 멈추고 언제 가야 할지 알 수가 없어.

나는 꽁초를 버리고 발로 즈려밟았다. 맵고 텁텁한 냄새가 났다. 한숨을 크게 쉬었다. 그를 쳐다봤다. 그는 땅을, 멀리 숲을 보고 있었다. 멀리서 부엉인지 아닌지 어쨌든 익숙한 새 우는 소리가 들렸다. 무어라 답하고 싶었는데…… 무슨 말이든 좀 해 주고 싶은데 도저히 그럴 용기가 나질 않았다. 적산가옥 쪽에서 쿵 하는 소리가 들렸다. 가옥을 쳐다보니 세로로 긴 유리창이 붉은 조명 빛을 뿜고 있었다. 다시금 그를 쳐다봤다. 옆에 선 그의 왼쪽 눈과 얼굴이 어둑허니 벌겋게 보였다. 그의 입에서 나온 연기가 그의 뺨을 휩쓸고 위로 올라갔다. 그는 여전히 나와 눈을 맞추지 못했다. 선배는 어금니를 깨무는지 왼쪽 턱 근육이 갈라지며 움푹 패였다가 이내 다시 솟아올랐다. 나를 돌아보지 않을 게 뻔한 그를 두고 나는 안으로 들어갔다. 그의 표정이 어땠더라……. 맞다. 그런 표정이었다.

나도 괴로워, 라는 표정.

- 돼지는 사료 2.5kg을 먹이면 1kg만큼 살이 쪄. 수익률이 거의 절반은 된다는 거지잉. 그런데 너네들은 어떻냐? 솔직히 받는 월급의 절반만큼 성과를 내냐앙?

말을 마친 대표의 반쯤 풀린 눈 옆으로 주름이 세 갈래로 찢어졌다. 마지막 촬영 기념으로 가지는 회식 자리였다. 그는 먹인 만큼 성장하는 돼지만도 못하는 직원들 투성이라면서, 월급만 따박따박 받아먹는 것들이 문제라고 소리를 높였다. 형 취했으면 들어가자, 돼지아빠는 지겹다는 표정으로 대표에게 말했다. 대표는 이미 술에 취해 벌게진 얼굴로 자신이 틀린 말 한 거냐며 언성을 높였다. 음향감독과 촬영감독은 술 취해 방에 들어가 있었다. 유리씨는 초반부터 소주와 맥주, 막걸리까지 전부 마시더니 취했는지 테이블에 머리를 대고 자고 있었다. 바람이 세차게 불어 유리창을 흔드는 소리가 들렸다. 다음 날이면 압해를 벗어나 서울로 올라갈 수 있다는 것, 돼지만도 못한 대표의 얼굴을 보지 않을 수 있다는 게 유일한 위로라면 위로였다.

─종편 PD 하나 구워삶는 거 일도 아녜요. 다음 입찰도 꼭 딸 수 있을 겁니다. 제가 책임질게요.

선배는 특유의 사람 좋은 웃음으로 대표의 잔을 채우며 말했다. 대학 시절의 그를 보는 거 같았다. 그는 다음 해에 있는 프로젝트 수주 건은 걱정 말라며 대표를 달랬다. 돼지아빠는 형이 더 이상 마시면 안 될 거 같다며 그를 방으로 끌고 들어갔다. 너네 그런 태도로 일하면 개돼지 되는 거야 그냥, 대표는 몸을 가누지 못해 돼지아빠의 품에 안겨 무너진 발음으로 지껄여 댔다. 방문이 닫혔지만 그 안에서 재우려는 자와 잠에 들지 않으려는 자의 말싸움 소리가 들렸다. 두두두둥. 멈출 기미를 보이지 않는 강풍이 창을 흔들었다. 멀리 정원 밖으로 가끔 불씨를 품은 솔방울이 휘날리곤 했지만 불이 옮겨 붙을 정도는 아니었다. 걱정과는 다르게 산불 진화가 잘 되고 있는지 딱히 대피하라는 지시도 오지 않았다. 선배는 지겹다는 표정으로 잔에 맥주를 채우며 말했다.

― 한 달 내내 저 새끼 면상 보니까 팔자에 없는 변비가 다 생겼다니까.

창밖으로는 연말의 한기가 휘몰아치고 있었다. 우린 잔이 깨질 듯이 건배를 했고 맥주 거품이 눈처럼 흩날렸다. 그간 힘들었지? 다 알아. 선배는 나를 보고 말했다. 아니라고 더 잘하지 못해 아쉽고 미안할 따름이라고 말했는데, 내 입으로 꺼내 놓고도 생경한 말이라 웃음이 나올 뻔했다. 내가 다 했지. 쥐꼬리만 한 월급 받고 내가 일 다 했다고. 이런 말 하고 싶은 게 사실이었으니까. 나는 맥주잔을 입에 대며 잔으로 표정을 가릴 수 있어 다행이라고 생각했다. 옆에서 유리 씨가 꿈을 꾸는지 꿈틀댔다.

― 그래도 넌 성장한 거야. 의심하지 마.

선배는 핏줄이 다 터져 버린 듯 흰자가 붉게 물든 눈을 깜박이며 말하고는 가늘게 웃으며 잔을 들이켰다. 그러고는 자신도 처음 일할 땐 쓸데없는 감상에 빠져 자기연민에 빠진 적이 있다면서, 그건 일종의 중독 같은 것이니 빨리 빠져나오라고 했다. 기어코 마지막 날까지 자기 얘기를 쏟아 내는 그가 아니꼽게 보였다.

─ 자기연민이 왜 나빠요. 자기연민은 나를 긍정하는 아주 큰 힘이에요.

유리 씨가 으응- 하는 소리를 내며 일어나더니 대답을 했다. 그러고는 숨을 몰아쉬었다. 술냄새가 풍겼다. 뜬금없이 웬 소리인가 싶었다. 선배는 잔에 남은 술을 몇 방울 털어 내더니 그래 네 말이 맞다, 하고는 웃었다. 아까 그 분위기는 어디 갔는지, 전혀 새로운 아니 어쩌면 익숙한 선배의 모습. 나는 인간이 이토록 입체적이라는 게, 결코 이해할 수 없기에 영원히 받아들여야만 하는 그 수백만 가지 층위들의 존재가 당연하다는 게 그렇게 미울 수가 없었다. 나 또한 그 층위를 사랑하면서 말이다.

술에 취하니까 명대사가 쭉쭉 나온다고, 유리 씨는 배시시 웃었다. 더 취하고 싶었는지 그녀는 잔에 맥주를 채웠지만 끝내는 다시 팔을 포개고 엎드려 고개를 누였다. 그때 돼지아빠가 방에서 나오더니 식탁 앞에 앉았다. 그러고는 머리를 긁적이며 미안하다고 했다. 형이 술만 마시면 저래요. 사람 자체는 좋은 사람인데 술이 문제라면서 미안한 듯 말했다. 술이 뭐가 문제야 인간성이 문제지, 라고 유리 씨가 술김에 말해 줬으면 좋겠다고 생각할 찰나, 선배가 대신 괜찮다고 답했다. 난 어색하게 입꼬리만 올렸다. 유리 씨는 으으응- 하는 소리를 냈다. 쟤 좀 편하게 재워. 선배가 말했기에 나는 그녀를 깨웠다. 그녀는 눈도 다 못 뜨고 일어나 내게 기댔다.

나는 그녀를 지탱하기 위해 그녀의 고개에 손을 가져다 댔는데, 왠지 막 태어난 새끼돼지를 들어올리는 장면이 겹쳐 보였다. 유리 씨가 눈도 채 뜨지 못한 새끼돼지를 받고 품에 안아 태를 닦고 심폐소생까지 시켰을 때의 느낌이 이런 거였을까? 난 그녀를 온몸으로 지탱하며 계단을 올랐다.

- 이제 다 끝났어 유리 씨. 푹 자자. 편하게 푹 자 유리 씨.

유리 씨는 또 으으응- 할 뿐 대답하지 않았다. 2층으로 올라와 그녀를 누였다. 답답한지 그녀는 이불을 덮지 않았다. 작은 창 밖으로 바람 부는 소리가 들렸다. 유리 씨 머리 아래에 베개를 놓아 주고 유리 씨 옆에 나도 잠시 누웠다. 바람에 창이 흔들리는 소리를 들으며 눈을 감았다. 얼마나 감고 있었을까, 옆에서 나지막한 소리가 들렸다.

- 꼭 성장해야 돼요?

뭐라고요? 나는 반만 뜬 눈으로 그녀를 바라보며 고쳐 물었다. 하지만 그녀는 아무 말 하지 않았다. 술주정도 참 독특하지. 나는 그녀에게 이불을 덮어 줬다. 그녀는 이불의 끝을 꽉 쥐더니 이내 얼굴 끝까지 덮었다. 난 일어났다. 내려가 술을 더 마실 생각이었다. 돼지아빠와 선배, 나. 이렇게 셋만 있으니 한 달 동안의 일을 툭 터놓고 말해 볼 수 있을 기회라고 생각했다. 선배 나한테 왜 그랬어요. 사회 무서운 줄 알고는 있었지만 이렇게 가르칠 필요는 없었잖아. 이런 원망을 하고 싶었다. 과하지 않게. 좋은 분위기로 끝낼 수 있게. 난 다리에 힘을 주고 일어났다.

- 난 무서워.

계단을 내려가려는데 희미하게 하지만 둔탁하게 유리 씨 목소리가 들렸다. 이불에 가로막힌 그녀의 목소리가. 허벅지에 힘이 풀리는 거 같아 나도 모르게 더욱 힘을 줬다. 그럼에도 계단 아래에 다리를 내리고 잠시 앉았다. 1층으로 내려가는 계단을 멍하니 바라봤다. 층계참 하나 없네. 나는 다시금 어지러웠다. 그때 1층에서 선배의 다급한 목소리가 들렸다.

- 기 감독. 빨리 내려와 봐!

그의 외침에 어디서 힘이 난 건지 계단을 빠르게 내려갔다. 내려가 보니 돼지아빠가 얼이 빠진 듯 테이블에 놓인 휴대폰을 보고 있었다. 그의 휴대폰 스피커에서 모리스의 음성이 들렸다.

- 돼지아빠, 뽀유돈사에 불났어요. 지붕까지 다 타요.

선배는 정신 차리라며 돼지아빠를 다그쳤다. 그제서야 그는 벌떡 일어나더니 외투도 챙기지 않고 차 키만 들고 급히 집 밖으로 나갔다. 나와 선배가 외투를 챙겨 빠르게 그를 뒤따라 나갔다. 가옥 밖으로 나가자 그는 정원에 주차해 놓은 차에 시동을 걸고 있었다. 미쳤어요? 술 마셨으면서 운전을 어떻게 하려고 그래요? 선배가 말하자 돼지아빠는 미간에 골짜기라도 생긴 듯한 표정을 짓고는 별말을 하지 못했다. 선배는 술을 덜 마신 나보고 운전하라고 했다. 그렇게 조수석에 선배가 탔고 뒷좌석에는 돼지아빠가 탔다. 선배는 차에 있던 삼다수 한 병을 내게 건네면서 술 깨고 차분히 운전하라고 했다. 정원을 나와 축사 쪽으로 달리니 멀리서 피어오르는 연기가 보였다. 이미 늦었으면 어떡하죠? 돼지아빠는 연기가 나는 쪽을 보며 혼이 빠진 사람처럼 읊조렸다. 난 액셀을 더 밟았다. 원래는 10분 정도 걸리는 거리지만, 5분도 채 걸리지 않을 듯했다. 축사까지 가는 내내 어쩐지 돼지아빠는 흥분하지도 않고 침착하게 축사까지 가는 길을 알려 주기만 했다. 이성을 잃지도, 불안해하지도 않는 그의 모습은 이미 회생의 가능성을 포기한 것처럼 보였다.

축사에 가까워질수록 연기가 바람을 타고 이리저리 흩날렸다. 차 안에서도 화재의 열기를 느낄 수 있었다. 차에서 내리니 앞을 보기 힘들 정도로 바람이 세차게 불었다. 숨을 쉬기 힘들 정도로 역하고 매운 냄새가 허파 깊은 곳까지 밀려들어 왔다. 우린 모두 옷 소매로 코를 가렸다. 겨우 축사 문을 열고 들어가 보니, 포유돈사에 불이 크게 나고 있었다. 불은 바람을 타고 펜스 너머에 있는 산으로 옮겨붙어 나무들을 태우고 있었다. 어찌나 불이 큰지 한밤에 그곳만 노을 지는 거 같았다. 빨간빛을 내는 반딧불이 수천 마리가 하나의 나무에 붙어 있다가 동시에 떨어져 나와 온 세상으로 퍼져 날아가는 거 같이 보이기도 했다. 이리저리 불꽃이 공중에 어지럽게 흩날렸다. 불붙은 솔방울이었다. 까만 연기가 바람을 타고 우리 쪽으로 몰려와 눈을 맵게 했다. 다섯 명의 외국인 노동자들은 작은 소화기와 호스를 연결해 돈사에 물을 뿌리고 있었다. 하지만 바람이 세찼기에 물은 주변으로 흩어지기만 했다. 불붙은 솔방울들은 다른 돈사 주변에 떨어져 자그마한 불을 내고 있었다. 평생 들어 본 적 없는 소리가 불규칙적으로 굉음을 냈다. 무언가 부서지는 거 같기도 하고 떨어지는 거 같기도 하고 짓이겨지는 거 같은…… 건실하게 있던 것이 불타올라 연기로 승화되는 소리는 이렇게나 무시무시한 소리를 내는 것이었다. 포유돈사는 천장까지 번져 손을 쓸 수 없는 상태였다. 외국인 직원들은 눈물 범벅이었다. 돼지아빠는 그들에게 우리에서 떨어지라고 소리쳤다. 사장님 어떡해요, 사장님 어떡해……. 직원 중 모리스가 돼지아빠의 어깨를 붙잡고 말했다. 펜스 너머 불타는 소나무의 가지가 쩍 소리를 내며 포유돈사 위로 떨어졌다. 돈사의 벽이 주저앉더니 이내는 천장까지 무너져 내렸다. 전쟁이라도 난 듯 괴성이 터졌다. 차라리 저기서 돼지들이 쏟아져 나와 도망간다면 어떨까? 우리를 휩쓰는 그들. 그들의 발에 짓밟히는 우리. 그들에게 둘러싸여서 엉엉 우는 우리. 우리. 우리. 우리. 나는 이 1인칭 복수형을 자꾸만 발음하고 싶었다. 불꽃이 바람을 타고 이리저리 휘날렸기에 우린 연기가 닿지 않는 담장 근처로 대피했다. 죽은 새끼 돼지를 버린 곳이 이 즈음일 텐데. 주변을 둘러봐도 돼지 사체가 없었다. 돼지아빠는 애써 침착하려는 태도였는데, 눈물이 맺힌 그의 눈빛 때문에 내가 대신 슬플 정도였다. 우린 포유돈사에서 멀리 떨어져 소방차를 기다리는 것 말고 할 수 있는 게 없었다. 돼지아빠는 눈이 매운지 눈을 잘 뜨지 못했다. 혹은 축사가 불타고 있는 걸 보고 싶지 않은 것이었을지도. 나는 내 손에 들린 삼다수라도 눈에 뿌려줘야 하나 생각했다. 나도 눈을 감아 보았다. 눈을 감아도 주황색 빛이 보였다.

곧이어 소방차의 사이렌 소리가 불타는 포유돈사의 굉음을 찢으며 들려왔다. 돼지아빠는 소방차 불빛이 보이는 쪽으로 뛰어가 손짓을 하며 포유돈사로 인도했다. 거대한 불길과 큰 소방차 사이에 선 그의 모습이 유난히 작아 보였다. 눈인지 재인지 모를 것들이 조금씩 바람에 흩날리기 시작했다. 적산가옥 쪽을 바라봤다. 그 쪽은 여전히 짙은 밤이었다.

[압해군청] 흥장군에서 시작된 산불 압해산 진입. 인근 주민들은 주택의 창문을 닫고 LPG 가스통을 사용하는 가구는 밸브를 잠그고 안전한 곳으로 옮길 것. 청년들은 날아드는 불꽃을 옥내소화전을 통해 잡기 바랍니다.

동이 텄다. 휴대폰엔 또 긴급재난문자가 왔다. 축사에 난 불은 포유돈사와 근처 야산을 태우고 잡힌 상태였다. 불이 또 온다고? 돼지아빠는 망연한 표정으로 말했다. 소방관들은 이만 철수해야 한다고 했다. 압해 쪽으로 오고 있는 산불이 너무 커서 지원 명령이 떨어졌다고 했다. 이대로 가면 어떡해 불이 또 나면 어쩌려고! 헐레벌떡 축사까지 뛰어온 대표는 목이 찢어지게 소리를 질렀다. 소방관들은 소화기를 네 개 주면서 혹시 불씨가 살아날지 모르니 연기가 나는 곳곳에 뿌려 달라고 했다. 소방관들이 가고 나서, 나는 대표가 입버릇처럼 말했던 형태소 단위로 불탄 돈사를 뜯어봤다. 깨져 버린 유리창과 까맣게 그을린 스톨케이지, 잔해에 깔린 어미돼지들과 새끼돼지들의 사체가 보였다. 하루 전만 해도 웅장하게 서 있던 돈사라고 믿기지 않을 모습이었다. 이 사체들 중에 94번 돼지도 있을 것이었다. 돼지아빠는 까맣게 그을린 돼지우리 앞에 무릎을 꿇고 울기 시작했다. 모리스는 그런 돼지아빠의 어깨에 고개를 묻고 같이 울었다. 도대체 누가 불을 지른 거야! 산불은 아직 오지도 않았는데! 대표는 고래고래 소리를 질렀다. 나는 손에 든 생수병을 꺼내 그들 옆으로 갔다. 매캐한 탄 냄새가 폐를 찔렀다. 한 모금 마시고는 까맣게 타 버린 판자에 물을 부었다. 신부가 성수를 뿌리듯 여기저기 뿌렸다. 연기가 피어올랐다. 연기는 이내 세차게 부는 바람에 실려 갔다. 돼지아빠가 눈물에 젖은 눈으로 물을 뿌리는 나를 올려다봤다. 선배는 그들 옆에서 황망한 표정을 짓고 있었는데 그 모습이 웃는 것처럼 보이기도 했고 우는 것처럼 보이기도 했다. 그때 나는 웃는 표정과 우는 표정이 사실 비슷하다는 걸 알았다. 맞은편 씨돼지가 있는 돈사에서 돼지 울음소리가 들렸다. 나는 목을 빳빳하게 들었다. 가슴을 내밀고 양팔을 뒤로 넘기니 날갯죽지가 쭉 펴지며 시원한 느낌이 들었다. 이내 구름이 걷히고 햇빛이 곳곳에 떨어졌다. 축사 너머로 멀리 건재한 적산가옥이 보였다. 나는 힘을 줘 눈을 부릅떴다. 적산가옥도 두 눈을 부릅뜨고 있었다. 떨어진 햇빛에 세로로 긴 유리창이 반짝이며, 우리를 지켜보고 있었다.

*

압해에서 서울로 돌아온 지 3개월 만에 트리트먼트를 완성했다. 제작사는 그간 지지부진했던 기존의 트리트먼트보다 훨씬 낫다며 좋아했다. 계약서를 준비하겠다는 말을 들었을 때는 칼을 갈며 벼르던 복수를 성공한 것처럼 짜릿함을 느꼈다.

새로 쓴 트리트먼트의 내용은 1930년대 대만의 한 여성 지식인에 관한 이야기였다. 일본인 남성과 결혼한 그녀는 경성에 신혼여행을 왔다가 다양한 독립단체들과 엮인다. 여타 이유로 갈등을 빚으면서도 서로를 아끼는 독립단체 단원들의 모습에 오히려 매력을 느낀 그녀가, 그들을 돕기도 하고 외면도 하다가 결국 일제에 발각돼 추방당하는 내용이었다. 수단, 동기가 다른 타자들이 같은 목표를 위해 연대할 수 있다는 메시지였다. 윗선의 반응은 반으로 갈렸다. 조선인들을 악랄한 일제에게 저항하는 고귀한 모습으로만 납작하게 그리지 않아서 좋았다는 평과, 독립단체들 간의 갈등을 입체적으로 그리는 것이 오히려 위험하다는 평이었다. 다행히도 투자처는 전자의 손을 들어 줬지만 결국 신인 감독에게 메가폰을 줄 수는 없다는 결론이 났다. 그렇게 연출의 자리는 각본을 쓰는 나 대신에 천만 영화를 연출한 적이 있는 기성 남성 감독에게 갔다. 원하던 연출의 자리는 아니지만 각본을 쓸 수 있는 것만 해도 다행이었다. 계약서에 서명할 때 그토록 원하던 성공의 맛을 본 기분이었다. 이런 성취를 얻을 수 있었던 건 한 달 동안 압해에서 일한 덕분임을, 믿었다. 죽을 고비를 넘기며 성장한 내가 이룬 것이니까. 갖은 수모를 겪으며 내가 나를 성장시킨 거니까. 그 덕분에 만져 본 적 없는 계약금이 입금될 것이니까. 물론 시나리오를 쓰면서 그때의 기억에게 복수하고 있는 거 아닐까 하는 생각도 떨칠 수 없었다. 그래도 전처럼 스스로를 재판장에 넘기며 의심하는 일은 하지 않았다.

계약서를 쓰고 나서 한 달 정도 여유가 있었다. 시나리오에 천착해 있던 스스로를 조금 떨어뜨리고자 사람들을 만났다. 가족이랑, 친구들이랑, 진수랑, 유리 씨랑……

 진수와는 학교 근처 술집에서 만났다. 일촬표의 마지막 장면까지 찍으면 꼭 다같이 와서 회식하던 곳이었다. 온갖 낙서가 가득한 벽은 여전했다. 우리와 10년 넘게 차이 나는 학번들의 낙서도 적혀 있었다.
 ♥23학번 10년 뒤에는 모두 천만 감독♥ 안 봐도 뻔해♥
 우리 과겠지? 귀엽긴. 진수는 얇은 회색 재킷을 벗으며 말했다.
 ─압해는 어땠어? 선배는 잘 지낸대?
 부대찌개 안주가 나왔고 진수는 꽤나 진심으로 궁금해하는 거 같았다. 동기들 사이에서 벌써 소문이 났다고, 선배랑 쭉 같이 일하게 되는 거냐고 물었다. 분명 친한 애 몇몇한테만 말했는데, 어느새 친구들 사이에 이야기가 돈 모양이었다. 분명 진수를 만나면 어색한 분위기도 풀 겸 선배 욕이나 실컷 하고 싶었는데, 그런데 좀처럼 입이 떨어지질 않았다. 그냥 적당히 이야기를 마무리하고 싶은 마음에, 선배가 직장인이 다 됐다고 사회가 얼마나 혹독한지 다시금 느꼈다고 답했다. 진수는 쓴웃음을 지으면서 다 그렇지 뭐, 하고 술을 따랐다. 그러고는 인원이 다섯 명뿐이라 힘들었겠다면서 눈썹을 찡그렸다. 으레 하는 말이 아닌 걸까. 소주는 식도가 아릴 만큼 차가웠다. 삐이─ 하고 술집 사장님이 에어컨을 켜는 소리가 들렸다. 그와는 이런 게 좋았다. 더 설명하지 않아도 되는 것. 탈

락 없이 전하려고 하나하나 복기하려 애쓰지 않아도 되는 것. 서로 적당히 다 알고 있으니까. 여백과 침묵, 우린 적당히 비어 있고 이해되지 않는 것이 좋으니까.

나는 급여가 들어왔으니 전부 잊어버릴 거라면서 너스레를 떨었다. 진수는 입금과 함께 잊어버리는 게 직장인의 필수 스킬이라면서 웃었다. 그러고는 벗어 놓은 외투에서 명함을 꺼내 줬다. 학원의 로고와 함께 그의 이름이 적혀 있었다. 전임강사 전진수. 생각보다 그 활자들의 조합이 낯설어 보이진 않았다.

– 일은 어때? 잘 맞는 거 같아?

나는 명함을 가방에 집어넣으며 말했다. 진수는 입꼬리를 낮게 올리며 답했다. 이번에 다섯 명이나 합격시켰다고. 학교에서 뒹굴면서 쓰고 지우고 촬영하고 편집했던 모든 것들이 어떻게든 써먹게 되는 게 좋긴 하다고. 나는 능력도 좋다면서 의식적으로 그를 칭찬했다. 그러자 진수는 신났는지 학원 수강생들이 생일 파티를 해 줬다면서 휴대폰으로 사진을 보여 줬다. 열댓 명 정도의 학생들 중간에 서서 케이크를 들고 있는 진수의 모습이었다. 그리고 그는 몇 장의 사진을 더 보여 줬다. 현장 강의를 촬영해서 인터넷 강의로도 송출한다면서, 무대에 오른 가수처럼 귀와 연결된 무선 마이크를 차고 있는 사진도 보여 줬다. 잘 어울린다고, 곧 1타 강사 되는 거 아니냐면서 나는 능청을 떨었다. 그러자 진수는 휴대폰을 껐다. 그의 검은 액정에 흐릿하게 내 모습이 비쳤다. 그는 휴대폰을 거두고 술잔을 내밀었다. 술잔을 부딪히고 나서 그는 내게 어쩐지 조금은 장난스런, 하지만 무언가 찌푸린 표정으로 말했다.

―정말 잘 어울려?

응? 내가 묻자 그는 다시금 말했다.

―나한테 어울리냐고.

얘가 벌써 취했나, 아니면 내 농담에 기분이 나빴나 싶었다.

―근사한데 뭘. 나처럼 언제 어떻게 사라져도 모를 촛불 목숨보다야 낫지 뭐.

나는 의식적으로 내 처지를 후려치며 답했다. 이렇게라도 해야 그가 오해하지 않을 거 같았다. 진수야 나도 똑같아. 그런 현장에 있다가 왔고 어쩌면 앞으로 또 가야 할지도 몰라. 우리 똑같아. 하면 다 하는 거라고, 어떤 일이든 배우는 게 있을 거라는 말을 서로 주고받았다. 몇 번을 더 잔을 부딪쳤다. 그제서야 진수는 어눌한 발음으로 말했다. 자기는 이 일이 정말로 어울리는 거 같다고. 어쩌면 천직인 거 같다고.

―창작이랑 코칭은 다르잖아. 뭐가 더 멋지고 시시한 건 없는 거잖아. 그치?

그가 풍기는 적적한 분위기가 사뭇 당황스러웠다. 내가 만나자고 한 건데, 내가 촬영 현장에서 느꼈던 그 감정들을 네게 일러바치고 싶어서. 너는 잘 알아줄 거니까…… 그래서 내가 보자고 한 건데. 적적함을 위로받아야 할 사람은 난데. 하지만 이내 지금이야말로 먼저 다정함을 보여 줘야 할 때라는 생각이 들었다. 그의 말이 끝나면 자연스레 나한테 차례가 올 테니까. 자연스레 내 얘기를 할 수 있을 테니까.

 ─사실 우리가 쓰는 게 별 게 아니잖아. 하물며 입시준비생들이 쓰는 건 얼마나 볼품없겠냐. 하지만 이야기잖아. 그 안에 사람들이 있잖아. 귀찮아서 쓰지 않았으면 이 세상에 존재하지 않았을 거잖아. 혹은 세상에 나왔어도, 누구도 봐 주지 않으면 그저 그렇게 묻혔을 거잖아. 존재했을지도 모를 싸구려 창작물이 되는 거잖아. 나는 그게 싫다. 잘 다듬어서 이야기 속에 사는 사람들이 세상 사람들에게 좀 보였으면 좋겠어. 응. 나는 그래. 아직 제대로 못 쓰인 이야기를 내가 쓰게 만드는 거야. 이것도 진짜 멋진 일이지.

 불콰한 얼굴이지만 그의 눈은 또렷했다. 알지, 내가 다 알지 진수야. 내가 모르면 누가 알겠어. 그를 안아 주고 싶었지만 차마 그러진 못했고 그런 말만 했다. 진수는 고개를 끄덕였고, 그러기에 나를 더 응원한다면서 평생 동료로 남겠다고 했다. 그러고는 나를 빤히 쳐다봤다. 여전한 얼굴로. 나는 답하지 않고 술을 마셨다. 어서 자리를 뜨고 싶었다.

 ─야 그런데 너는 강사 같은 거 하지 마라. 솔직히 별로다. 저번

엔 학생 아버지가 전화를 해 가지고는 너넨 돈만 처먹지 애들 대학을 못 보내냐고 엄청 소리치더라. 수백만 원을 처먹고도 애들 입시 하나 못 챙기면 너는 월급 왜 받냐고. 하긴 영화과 갔는데도 영화 못 만들고 있으니까 이렇게 강사질이나 하고 있는 거 뻔한데, 여기 학원에 보낸 자기가 등신이라고.

완전 진상이네, 내 대답을 듣고도 그의 풀린 눈은 변화가 없었다.

— 처음엔 그럴 때마다 너무 고통스러웠다? 가르치는 일을 하려고 왔는데 내가 왜 이런 수모를 겪어야 하나. 자괴감 들고 굴욕적이고. 그런데 이젠 알아. 난 이제 알아 나연아.

뭘? 이 한 마디면 되는 걸 나는 차마 묻지를 못했다. 그 답을 듣고 싶었을 텐데. 기다렸을 텐데. 그는 얼마 기다리지도 않고 자기가 답했다.

— 굴욕감이 급여에 포함되어 있는 거구나. 굴욕감 없이 급여 생활을 하려고 기대했던 내가 미친 거였구나. 우리 원장님이 알려 줬어. 나…… 그렇게 성장하는 거래. 다…… 그런 거래. 너도 한 달 동안 그랬지…… 그치?

그제서야 얘가 완전히 취했구나 하는 생각이 들었다. 어서 일어나자는 말을 하려던 찰나 그가 자기 머리를 쥐어뜯는 시늉을 하며 말을 가로채듯 이야기를 이었다. 가르치니까 자꾸 어떤 고집 같은 게 생긴다고. 그게 맞는지는 확실히 모르겠는데 부정당하면 못 견딜 거 같으니까 그냥 자꾸만 밀어붙이게 된다고.

─그런데 우리 원장님이 그러는데, 원래 그런 거래. 자기도 영화과 졸업하고 학원 운영하면서 많이 힘들었는데, 결국엔 그런 것도 무의미하게 다가오는 때가 있대. 그런데 대박. 우리 원장님 우리 학교 출신인데 우리보다 8학번 위다. 아마 오다가다 봤을 수도 있어. 여튼 나를 엄청 잘 챙겨 줘. 나랑 잘 맞아.

진수는 지하철역으로 걸어가는 동안 자꾸만 비틀거렸다. 내 어깨에 올려진 그의 팔에 무게가 실리는 거 같아 그를 지탱해 보려 했지만 나까지 비틀거릴 뿐이었다. 그는 이 말을 했다가 바로 저 말을 하면서 분간 없이 말을 쏟아 냈다. 자기네 학원에서 신입생 모집을 해야 하는데 걱정이라고 말했다가 금세 내가 만든 다큐는 언제 나오냐고 묻는 식이었다. 잘되겠지, 몰라. 나는 말을 빙빙 돌리면서 역사 플랫폼까지 그를 데리고 갔다. 그는 4호선을, 나는 3호선을 타야 했다. 이제 찢어져야 했다. 4호선으로 내려가는 계단 아래서 지하철 들어오는 소리가 들렸다. 그에게 어서 가야 한다고 말하며 내 목에 둘린 그의 팔을 풀었다. 진수는 겨우 중심을 잡고 서더니 물었다.

─너희 집에 가도 돼?

나는 곧장 답하지 못했다. 진수는 내 양쪽 어깨를 자신의 두 손으로 잡았다. 그에게서 고소하고도 시큼한 술냄새가 풍겼다. 역사 안에 안내 음성이 울렸다.

[지금 들어오는 열차는 오늘의 마지막 열차입니다.]

나는 그의 팔을 내렸다. 그러고는 답했다. 다음에 보자고. 진수는 눈을 거의 뜨지도 못한 채 웃더니 답했다.

– 이제 서로가 필요 없을 거야. 그치?

그러고는 뒤돌더니 아주 느린 걸음으로 계단을 내려갔다. 여기저기 헛디디며. 넘어질 듯 휘청거리며. 막차인데 탈 수 있으려나 걱정됐지만 나는 그 뒷모습을 오래 보지 않고 3호선 타는 곳으로 걸어갔다. 사람이 없었다. 막차를 타는 사람이 이렇게 없을 리가 없는데……. 이윽고 또 한 번 안내 음성이 울렸다.

[지금 우리 역의 모든 열차 운행이 끝났습니다. 승강장이나 대기실에 계신 고객님들께서는 밖으로 나가셔서 다른 교통편을 이용하시길 바랍니다. 안녕히 가십시오.]

유리 씨를 만난 건 4월, 화창한 날이었다. 우리는 한강공원 벚나무 아래에 돗자리를 펴고 테킬라에 얼음과 오렌지주스, 크랜베리 주스를 대충 섞어서 테킬라 선라이즈 흉내를 내며 마셨다. 빨간 주스가 조금씩 노란 주스와 섞여 갔다. 노을이 오기엔 시간이 아직 많이 남아 있었다. 햇빛에 일렁이는 강물을 보며 유리 씨는 해맑게 웃었다. 그녀는 같이 일하던 때보다 살이 붙어 건강해 보였다. 전우애라는 게 이런 걸까, 비록 한 달이지만 함께 고생했던 그녀를 보니 짠하면서도 반가운 마음을 이루 말할 수 없었다. 꽃비로 떨어진 희끗한 분홍 벚꽃 잎들이 강바람을 타고 이리저리 굴러다녔다. 불어오는 꽃향기를 맡으며 우린 근황을 나눴다. 유리 씨는 2월에 퇴사를 하고 복학했다고 했다. 나는 시나리오 계약을 앞두고 있다고 말하니 그녀는 실실 웃으며 좋아했다. 처음 봤을 때처럼 싱그러워 보였다. 아니 조금 달랐나?

- 언니는 누가 봐도 주인공이에요. 난 한눈에 알아봤어.

유리 씨는 나를 치켜세우며 내 줄을 타서 자기도 영화계의 하이에나가 되겠다면서 웃었다. 나는 잡아도 이런 썩은 동아줄을 잡느냐고 웃음기를 머금고 말했다. 유리 씨는 썩어도 그 회사보다 썩었겠냐며 폭소를 터뜨렸다. 우린 자연스레 그때의 뒷담화를 했다. 퇴사하고 나서도 앵앵거리는 대표 말투가 꿈에서도 나와요. 어우 그 형태소 중독자 지금도 여전하겠네요 저도 그때 이후로 선배랑 다신 연락 안 하잖아. 목디스크는 좀 나아졌어요? 그럼요 급여 받은 거로 치료 다 했어. 저는 지금도 돼지가 낑낑대는 소리가 이명처럼 들리는 거 같다니까? 깔깔대는 소리에 주위 사람들이 우릴 쳐다봤지만, 우린 누구의 눈치도 보지 않고 편하게 떠들었다. 거리낌도 침묵도 없었다. 병 안에 담긴 캐러멜색 테킬라는 강물 위로 미끄러지는 노을빛처럼 찰랑거렸다.

벚꽃 그늘이 가로등 불빛에 그림자가 돼 우리 위로 거대하게 흔들렸다. 바람에 따라 그림자는 움직이며 우리 얼굴에 명암을 드리웠다가 지웠다가 했다. 우린 두 병을 비워 잔뜩 취했다.

　– 얼마 전에 모리스 씨가 인스타그램 팔로우를 했더라고요. 이태원 식당에서 일하고 있다길래, 한 번 만났어요. 다큐멘터리를 자기 가족한테도 보여 줬대요. 가족들이 되게 좋아했다고……. 그런데 다큐 방송되기 전에 돼지아빠 축사에서 해고됐대요.

　눈이 풀린 유리 씨가 말했다. 아니 죄 없는 모리스를 왜 잘라? 유리 씨는 돼지아빠가 제때 화재보험을 갱신하지 않아 복구하는 데에 피해가 컸다고 했다. 그런데 지금 검색해 보면 복구가 잘 된 거 같다고 말했다.

　– 잘은 몰라도, 돼지아빠는 다시 일어선 거 같아요. 그럴 수 있었던 거 같아요.

　유리 씨는 고개를 숙인 채 말했다. 어느새 긴 그녀의 머리칼이 그녀의 한쪽 얼굴을 가렸다. 덕분에 그녀의 눈이 보이질 않았다. 어느새 사 온 각 얼음이 다 떨어져 얕은 물만 얼음 봉지에 담겨 있었다. 주스도 없고……. 나는 잔에 테킬라만 따라 그녀에게 건넸다. 노을은 이미 물러간 후였다. 건배했다. 우리는 고개를 들고 안으로 뜨겁게 흐르는 것을 견디는 표정을 똑같이 지었다.

　– 언니는 어쩜 현장에서 한 번을 울지도 않더라. 대단해. 진짜로.

그녀는 그제서야 고개를 들고 말했다. 검은 머리카락이 여전히 얄쌍해 보이는 그녀의 뺨을 타고 흘렀다.

ㅡ저 입사하고 나서 3개월은 매일 울었던 거 같아요. 그럴 때마다 선배가 정말 잘 챙겨 줬거든요. 울면 휴지도 챙겨 주고, 퇴근하고 술도 사 주고, 달래 주고……. 그런데 하루는 그런 날이 있었어요. 제가 스케줄링을 잘못해서 일정이 꼬이고 예산은 날아가고 대표는 길길이 날뛰고……. 울지 말자고 몇 번을 다그쳤는데도 일촬표 위로 눈물이 후드득 떨어지더라고요. 선배랑 약속했거든요. 울지 말자고. 그 순간에도 그게 기억나서 너무 미안해서…… 눈물 닦으려고 고개를 들었는데, 딱 선배랑 눈이 마주친 거야. 저는 그때 선배 얼굴을 못 잊어요. 나 그때 이후로 진짜 운 적 없다?

어떤 표정이었기에? 라고 물을 수 없었다. 어쩌면 유리 씨는 그 물음을 기다리고 있었을까?

ㅡ내 울음이 남한테 짐이 되는구나. 직장이 그런 곳이구나. 저는 그거 안 이후부터 안 울어요, 언니. 웃는 게 편해요. 연기하는 거. 그거 우리 잘하잖아.

유리 씨는 숨을 몰아쉬며 이어서 말했다.

ㅡ아니야 사실 나 잘 못해. 그런데 울음이란 게 딱히 눈물이 필요하진 않더라고요. 늘 울면서 살잖아 우리.

무슨 말이냐고 묻기가 두려웠다.

─내가 조금만 더 잘했으면 언니처럼…… 나도 언니처럼…….
그러니까 언니. 나는요. 무참히 죽고 나라는 껍데기만 남았어요.
그런데 괜찮아. 이제 조금씩 찾아 가고 있어요. 이제서야.

 목구멍으로 침이 힘들게 넘어갔다. 팔랑거리는 벚꽃 그림자를 이마에 걸어 놓은 유리 씨는 나를 계속 바라봤다. 그녀는 얼굴에 명암이 점차 짙어지더니 이내 떨리는 목소리로 말했다.

─실제로 불 질러 본 적 있어요?

 그럴 리가요, 그림자 뒤로 숨은 그녀의 눈빛에 덜컥 겁이 나 짧은 답변밖에 나오지 않았다. 이내 유리 씨는 핏기 없는 표정으로 말했다. 자기는 불을 지른 적이 있다고. 그게 무슨 말이에요? 이번엔 내 목소리가 떨렸다.

─어렸을 때, 돋보기로 햇빛을 모아서 잠자리나 개미를 테이프에 묶어 놓고 태운 적이 있어요. 지금 와서 생각해 보면 끔찍하지만, 그땐 몸에 불이 나서 몸부림치는 그것들을 보는 게 별일이 아닌 것처럼 느껴졌어요. 죄책감이랄 게…… 없었어요.

 그거야 철이 없을 때니까……. 나는 색이 바랜 입술을 치아로 뜯어 먹는 그녀를 보며 말끝을 흐렸다. 유리 씨는 입을 광대까지 찢으며 나를 바라봤다.

─불을 지른 건 94번 돼지일 거예요. 24일에 포유돈사 촬영 마치고 철수할 때 봤어요. 94번 돼지가 보온등을 코로 자꾸 건드리

더라고요. 난 빨리 다음 업무를 해야 돼서 그냥 나갔어요. 그러다 말겠지 싶었어요. 서울에 와서야 찾아보니까, 보온등이 떨어져서 불이 난 경우가 많대요. 그땐 난 몰랐어요.

바람이 불어 희끗한 벚꽃 잎이 그녀의 이마 위로 떨어졌다.

— 술에서 깨고 보니까 그 난리가 나 있는 거야. 내가 잠자는 동안 불이 돼지우리를 태워 버렸고, 새로운 불이 또 오고 있대. 그러니까 내가 불을 지른 거 같은 거야. 탄로 날 걱정을 하지는 않았지만, 뭐 나쁜 짓이라고 생각하지도 않았지.

유리 씨는 멍한 표정을 짓다가 고개를 떨궜다.

— 아닌가요? 돼지우리에 불 지른 건 나 아닌가요?

벚꽃 잎이 바닥에 처박혔다. 아니라고 답하고 싶었지만 입은 떨어지지 않았다. 섬뜩했지만 마냥 낯설지만은 않은 말들이었다. 나쁜 짓. 돼지우리. 불 지르기.

— 이게 마지막. 우리 이제 더 이상은 만나지 마요.

마지막이란 말은 왜 항상 나를 슬프게 만드는 걸까. 나를 등지고 지하철역을 향해 걸어가는 유리 씨의 모습을 오랫동안 지켜봤다. 그녀는 뒤도 돌아보지 않고 걸었다. 하지만 얼마 가지 않아 비틀거리더니 왼손을 고개로 가져갔다. 그럼에도 씩씩하게 걸으려 노력하는 거 같았다. 그러다 이내 한쪽 무릎을 꿇고 주저앉았다.

주변 사람들이 놀라며 그녀를 내려다봤다. 하지만 그녀는 다시 일어나 뚜벅거리며 걸었다. 뚜벅거림은 길지 않았다. 유리 씨는 다시 걸었다. 성큼성큼. 씩씩하게. 나는 더 이상 볼 수 없을 거 같아 등을 지고 섰다. 오랜만에 날갯죽지에 찌릿한 고통이 맴돌았다. 멀리서 새들이 떼 지어 강을 건너고 있었다. 활강은 새에게 어떤 일일까. 목숨을 거는 일일까. 어떤 기분일까. 짜릿할까. 두려울까. 나는 한 정거장을 걸어가 다른 지하철역에 도착했다. 역으로 내려가는 계단 앞에 하수구가 있었다. 온갖 색깔의 꽃잎이 하수구에서도 서로를 부둥켜안고 있었다.

집에 도착했다. 도어록을 열고 비밀번호를 누르는데 자동으로 불이 들어와야 할 현관 센서등이 켜지지 않았다. 도어록 불빛에 의존해 비밀번호를 눌렀다. 문을 열어도 방 안이 어두웠다. 어둡고 어두워서 어두웠다. 휴대폰 불빛으로 수면등을 켜고 노트북 앞에 앉았다. 시나리오를 하루라도 더 빨리 탈고해야만 했다. 인물들에게 어떤 언어라도 쥐여 줘서 결말을 내면 이야기는 끝날 것이다. 그렇다면 캐스팅 작업도 빨라지고 프리 프로덕션도 빨라지고 투자가 들어오고 내 영화가 만들어질 것이고…… 난 성공할 테니까. 관객이 얼마나 들든 말든 어쨌든 내 영화를 만든 난 성공한 것일 테니까. 내가 얼마나 고생했는데. 내가 이런 내가 되려고 어떤

짓을 하고 또 뭘 버렸는데……. 하지만 결국 인물들에게 대사를 쥐여 주지 못하고 노트북을 덮었다. 물을 한잔 마셨다. 떠 놓은 물컵에서 나온 물방울이 옆에 있는 원고를 적셔 활자 몇 개를 흐릿하게 만들어 놓았다. 원래 뭐라고 쓰인 문장이었을까. 난 도무지 기억이 나지 않았다. 휴대폰으로 유튜브를 켜 나의 수상작에 달린 댓글을 읽고 또 읽었다. 조회수는 1만 회, 댓글은 40개에서 더 이상 오르지 않았었는데, 본 적 없는 댓글이 달려 있었다.

    [무명 감독의 작품으로 내 상처가 치유받다니. 힘들 텐데 계속 만들어 줘서 고마워요.]

    가슴이 죄어 오는 거 같았다. 정말 그랬을까? 누군가는 싸구려라고 했던 그것이 당신의 상처를? 나는 그것이 감격스러우면서도 못내 저항감이 생겼다. 당신의 상처는 얼마나 볼품없었기에 이깟 것에 치유받은 거야. 그깟 작품에 치유받은 당신은 얼마나 별것 없고 나약한 거야. 그러고는 우리가 찍은 다큐를 검색하고 싶은 미친 듯한 충동이 일었다. 마음만 먹으면 볼 수 있었지만, 종편 채널을 통해 방영된 후에도 나는 그것을 보지 않았었다. 이젠 봐야만 하겠지……. 돼지아빠의 축사 이름을 검색했다. 가장 먼저 나온 영상의 썸네일이 보였다. 돼지아빠가 94번 돼지 코를 만져 주고 있는 모습이었다. 클릭했다. 압해의 풍경과 적산가옥이 첫 장면에 나왔다. 그리고 메시지 두 통이 왔다.

[택배 문 앞에 있습니다.]

[돼지우리에 불을 지른 건 내가 아니야.]

대표의 말처럼 형태소로 두 문장을 쪼개 보았다.

택배+문+앞+에+있-+-습니다

다른 하나의 문장은 더 이상 쪼개지질 않았다. 그 자체로도 끝없이 해체돼 이미 원자만 남은 듯했다. 그래도 굳이 해 보자면……

돼지+우리

이 정도였다. 이건 인정해야만 한다.

* 소설 속 등장하는 공간적 배경과 지명은 실제에서 빌려 온 부분이 있으나, 어디까지나 재창작한 가상의 공간이다.
* 인물의 영화제 수상작 내용은 무라카미 하루키의 단편 「잠」을 참고해 재구성했다.
* 소설 속 긴급재난문자 중 [청년들은 날아드는 불꽃을 옥내소화전을 통해 잡기 바랍니다.]는 2022년 3월 15일 동해시청에서 발송한 안전안내문자를 참고했다.

작가의 말

세상이 늘 징그러운데, 사람이 어떻게 징그럽지 않을 수 있을까?

이 소설을 쓸 즈음엔 '우리'라는 1인칭 복수형을 자주 생각했다. 익숙한 사람에게 낯선 표정과 말투를 느꼈을 때의 감각. 스스로와 타인을 더 이상 흥미로워하지 않을 때의 권태감. 그런 장면들을 자주 떠올렸다. 그리고 어떤 간절함. 그것에 목말라 있는 마음. 간절함에 배반 당한 상태. 상태에 온몸으로 젖은 젊은 내 친구들을 자주 생각했다. 나의 젊은이들을 괴롭힌 세상을 활자로 공격한다는 마음으로 썼다.

나는 소설 쓰는 일이 종종 무용하게 느껴져 허무함에 빠지는 편이지만, 아직까지는 소설 쓰는 일을 행복해한다. 요즘따라 소설을 사람으로 느끼고는 해서 그런 것일까?

내 안에 살고 있는 여러 사람을 쪼개 본다. 나이기도 하고 타인이기도 한 무수한 사람들. 괴로울 때 남에게 버림당한 사람. 괴로워서 남을 버린 사람. 늘 두 집합을 옮겨 가며 사는 난데. 자랄수록 냉소만 가득해지는 난데. 여전히 소설을 쓰는 이유는 주체하지 못할 사람에 대한 기대가, 애정이, 웃음이 있다는 걸 믿고있어서일까. 첫 소설책을 내고도 한동안은 '우리'라고 타인과 나를 묶어 호명하고 싶어하는 내 욕구의 이유를 찾고 다니며 살 거 같다.

내가 지닌 모습 중에 마음에 드는 점을 꼽자면 거의 없지만, 이거 하나는 확실히 좋다. 이야기 듣는 걸 좋아하는 사람이라는 것. 그 사람이 무얼 보고 듣고 느끼고 말하고 생각했는지, 그걸 상상하는 것이 왜 이리 즐거울까. 역시 내게 사람은 소설이다. 징그러운 세상을 견디게 해 준 소설이다. 아직까지는.

이 소설을 쓰고 고치던 긴 시간 동안 즐거웠다. 이 소설은 내가 우리로 가는 길이었다고 믿는다.

내게 소설이 되어 준 사람들을 이곳에서 호명하고 싶다.

전원석. 방영옥. 엄마와 아빠의 이름을 부른 지 참 오래됐다는 생각을 한다. 표현 못 하지만 늘 사랑해. 아름, 다운, 우리. 나의 세 누나에게도 감사의 인사를 전한다. 우리 가정의 평화는 누나들로부터 왔다. 가족 사이에서 어떠한 역할을 제대로 하지 않는 날 이해해 주는 영진, 용록. 두 매형에게도 감사하다는 말을 꼭 하고 싶다. 그리고 용하, 유하, 시윤, 아린. 나의 조카들이 지금처럼 늘 어른들의 사랑 속에서 크면 좋겠다. 어른을 의심 없이 믿고 마음껏 사랑하는 아이들로 크면 좋겠다. 이 아이들 덕분에, 인간은 지킬 존재가 있을 때 강해진다는 것을 알았다. 너희 덕분에 삼촌도 아버지가 되어 보고 싶다고 생각했어.

『돼지우리에 불을 지르고』는 대학원 친구들로부터 정말 많은 도움을 받았다. 하림. 로사. 혜진. 세영. 종성. 함께 술 마시며 했던 이야기를 전부 기억하지 못하더라도, 그때의 우리 웃음과 목소리는 전부 기억하고 있어. 정말로. 너희를 만난 건 내 생에 다시 없을 행운일 거야.

나는 왜 힘들 때보다 기쁠 때 남에게 의지하고 싶어 할까? 최희진 선생님께 메일을 쓰는 날은 우울할 때도 있었고 즐거울 때도 있었다. 하지만 기쁜 시절일 때, 매일로나마 의지하고 싶었다. 오래 뵙지 못했지만 곧 뵐 수 있으리라 생각한다. 항상 감사합니다, 선생님.

스무 살부터 30대까지 늘 함께하고 있는 지은, 예진, 진영. 그리고 지수. 서로의 어린 날을 기억하고 있다는 게 왜 이렇게 짠하게 느껴지는지 모르겠다. 난 너희 덕분에 더 좋은 사람이 됐어. 그리고 20대 후반부터 지금까지 많은 걸 표현하진 않아도 주고받는 것이 많은 내 친구 성심. 주위 사람들을 많이 떠나보내는 나이지만, 그래도 늘 어디 가지 않고 그 자리에 철없이 있자는 말을 건네고 싶다.

내가 남기는 글들이 무슨 의미가 있을까. 내가 세상에 물질로 존재하지 않을 때, 누군가는 아름답다고 말해 줄까. 그런데 뭐 그럴 필요 있을까. 의미나 아름다움 같은 그런 상태가 지금 내게 필요한 건 아닌 거 같다. 소설이겠지. 필요한 건 소설이겠지.

2024년 초겨울
전강산

| 작품 해설 |

어느 젊은 창작자의 초상

이다혜(작가 · 기자)

　소설가 전강산의 『돼지우리에 불을 지르고』는 어느 젊은 창작자의 초상을 그린다. 화자인 '나'는 단편영화제 수상이라는 이름으로 커리어를 쌓을 수 있는 학교 밖 첫발을 떼는 데 성공했지만, 그렇다고 그 일로 돈을 벌 수 있는 연출의 기회는 잡지 못하고 있다. 놀랍지도, 이해하기가 어렵지도 않은 상황이다. 크고 작은 영화제에서 이른바 '호평'을 받고 사라진 사람들은 어디로 갔을까. 아니, 그 누구도 사라진 적은 없었다. 기회를 얻지 못했을 뿐이다. 그리고 그들이 간신히 부여잡은 기회들은 이 소설의 첫 문장 같은 모습을 한 경우가 적지 않았을 것이다.

"그래도 네가 성장하는 데에 도움이 될 거야."(9쪽)

　문화 예술 분야에서, 아니 어느 분야에서든 커리어를 시작하는 단계에 있는 사람에게 기회라는 얼굴을 하고 압박으로 다가오는 '일'은 이런 언어의 생김을 하고 있곤 한다. 조금 더 분명하게 설명하면 "성장하는 데에 도움"이 된다는 말에는 충분한 금전적 보상이 뒤따르지 않을 것이라는 전제를 깔고 있을 때가 많다. "예술 하는 사람들은 동료 말고는 뭐 없어."(11쪽)라는 말 역시 크게 다르지 않다. 돈을 어느 정도는 무시해야 한다는 은근한 압박, 어쩌면 돈을 아예 무시해야 할 거라는 노골적인 요구가 '성장'이 필요한 사람에게 다가온다. 『돼지우리에 불을 지르고』는 첫 문장부터 앞으로 우리가 만나게 될 상황이 녹록치 않음을 시사한다. 제목에 등장하는 돼지우리가 실제로 존재하는 장소일지 아니면 상징적인 장소일지, 불을 지른다는 것은 또 무슨 뜻일지를 생각하게 되는 것은 이런 첫 문장의 연장에서다.

　문제의 기회를 제시한 건지 선배는 유명한 단편영화제에서 화자보다 3년 먼저 대상을 수상한 사람으로, "어느 학교 어느 과에나 한 명씩 있는 '레전드 선배'의 전형"(11쪽)에 가까운 사람이다. "수상 후 상업 영화 제작사와 미팅을 몇 차례"(11쪽) 가졌다는 소문이 무성했던 그는 이내 영화판에서 행방불명이 되었다. 그 이후

'나'(기나연)는 그와 같은 단편영화제에서 수상했는데 그 결과는 우리 과에서 두 번째, 여성 감독으로는 영화제 최초였다. 그런 '나'에게 그의 제안이 불쑥 건네진 것이다. 다큐 촬영 현장에서 일하지 않겠느냐고. '나'는 대답한다. 제작사와 트리트먼트 작업 중이라고. (그래서 아마도 합류하기 어려울 것이라고.) 아직 지지부진한 상태라는 말을 듣고 그는 "안심하듯" 숨을 몰아쉬며 조언한다. "계약금 들어오기 전까진 모르는 거야. 트리트먼트 작업하다가 팽 당하는 애들 이 바닥에 수두룩한 거 알지?"(12쪽) 한 달만 고생해서 돈 벌고 시나리오에 몰두라하고 말한 그가 제시한 돈은 250만 원. 숙식이 제공된다는 말에 '나'는 바닥난 통장 잔고를 떠올리며 제안을 수락한다.

초반의 몇 페이지는 다큐멘터리처럼, 그럴듯한 단편영화를 찍고 좋은 평가를 받은 다음의 커리어에서 큰 산을 마주한 젊은 영화인의 내면의 풍경을 담아낸다. 자신이 경험한 거의 모든 것을 창작물에 담아내게 되어 있는 신진 작업자 특유의 예민한 판단력은 얼마전 이별한 연인과의 관계에도 고스란히 적용된다. 9년간 남자 친구이자 동료였던 진수가 새 여자 친구를 사귄 것 같자 '나'는 생각한다. "신발끈을 꽉 묶을수록 오히려 일찍 닳아서 결국 끊어지게 되듯이 우리의 연애도, 동지애도 끊어지는 것이 당연"(15쪽)했다고. '나'는 입시 학원 강사로 진로를 튼 진수가 만나는 새 여자 친구의 인스타그램 스토리를 살살이 염탐한다. "질투심과 우울함, 열패감이 뒤섞여 불타오르는 기분"(16쪽)이 들 때까지. 그리고는 다짐한다. "공기 좋은 시골에 가서 한 달 동안 트리트먼트를 꼭 성장시켜서 오자고. 활용할 만한 소스들, 나도 모를 영감을 얻고 틈틈이 손봐서 제대로 만들어서 오자고. 어떻게든 내 성장의 기회로 쓰자고."(16-17쪽) 작업자들이 일하면서 마주치게 되는 100개의 단어들을 묶고 정의한 『작업자의 사전』(유유히, 2024)에서 저자 구구는 '성장'이라는 키워드에 다음과 같은 설명을 덧붙여 두었다. "작업자는 작업을 하지 않고 있는 순간조차 성장할 것을 요구받고, 때로 일상의 작은 편린마저 작업으로 승화시켜야 한다는 강박을 갖는다. 작업자들이 느끼는 압박감은 매분 매초 '앞으로 나아가야 한다'며 성과를 축적해야 한다는 관점과 연결되는데, 이는 "전형적인 자본주의적 유산계급의 시간관"이다." 문제는 이 단어는 많은 경우 돈과 같은 물리적인 성과와 떨어뜨려 놓고 보아야 삶이 편해진다는 데 있다. 초보 창작자들에게는 대체로 물리적인 성과를 무시하고 성장을 우선시할 것이라는 요구가 따라붙기 때문이다. 이 그럴싸한 단어가 소설 후반부에서 유리 씨의 "꼭 성장해야 돼요?"(154쪽)라는 질문으로 되돌아올 때, 숨막히는 느낌이 드는 것은 그래서다. 성장이라는 말을 믿은 대가로 우리는 무엇을 지불하며 살고 있는가. 영망으로 기입된 금전출납부처럼 나라는 인간을 통째로 갈아 넣어 어디로 향하고 있는가. 『돼지우리에 불을 지르고』는 입구도 출구도 없는 연옥과도 같은 '데뷔작' 직전의 상태에 갇혀 버린 '나'의 이야기다. 모든 것은 진행 중이지만 아무 것도 진행되지 않는 상태에 갇혀 버린.

'나'는 다큐멘터리의 촬영지인 압해면 양돈 논장에 제법 넓은 숙소도 준비되어 있다는 이야기를 듣고 안심한다. 숙소가 엉망이면 일을 거절할 생각도 하고 있었다. "아무리 한 달짜리 프리랜서 계약이라지만, 얄팍한 술수에 순진하게 당할 내가 아니니까."(20쪽) 『돼지우리에 불을 지르고』를 읽는 즐거움 한 가지는 이렇게 '다 알고 있다'고 믿는 화자로부터 온다. 추리소설에 등장하는 '믿을 수 없는 화자'는 대체로 망상적이거나 어떤 중독 증세 등으로 인해 어긋난 현실 인식을 하는 픽션의 내레이터를 일컫는 말인데, 이 소설의 화자는 스스로의 판단력을 과신한다는 면에서 '믿을 수 없는 화자'가 된다. '나'의 확신이 반복될 때마다 우리는 그가 벗어날 수 없는 심각한 상황을 향해 자발적으로 향하고 있음을 직감하게 된다. 상황을 더 정확히 판단하는 것은 그를 고용할 프로덕션의 대표 쪽이다. 말 끝에 이응을 붙여 발음하는 버릇이 있는 그는 "영화 할 때까지 돈만 벌려고 왔다가 도망간 사람들 많이 봤어엉. 예술 하는 사람들은 이런 거 못 견디더라고."(22쪽)라는 진단을 내린다. "저 순진한 애로 보지 마세요."(22쪽)라는 자신감 어린 응대야말로 순진한 것임을, 작가 전강산은 행간에 숨겨 놓고 있다.

촬영 인원은 다섯 명. 촬영 장소는 공중파 뉴스에도 몇 차례 나온 적 있는, 청년이 운영하는 스마트 축사다. 5분 단위로 촬영 계획이 짜여 있는 일촬표의 마지막 장에는 "농장주는 돼지를 사랑하고 아끼는 '돼지아빠' 캐릭터로 잘 구축할 것. 청년의 스마트함이 잘 드러나도록 찍을 것. 일정 딜레이되지 않도록 최대한 신경 쓸 것. 업무일지 빼먹지 말 것."(32쪽)이라는 당부 사항이 적혀 있다. '나'는 번번히 '유명한 영화제에서 수상한 최초 여성 감독'이라는 말과 함께 사람들에게 소개되는데, 이제 곧 알게 되겠지만 이러한 설명은 현장에서 벌어질 일의 복선이 된다. 촬영을 하면서 방향성을 잡아 나가는 다큐멘터리가 아니라 목적성이 분명한 다큐멘터리 작업에서 창작자의 역할은 '창작'과 한없이 무관해질 수 있음을 알리는 복선. 아니나 다를까, 첫 번째 촬영이 끝나고 선배는 갑작스럽게 꾸중한다. "이 현장에서 네가 하는 게 뭐라고 생각해?"(44쪽) 최악의 커뮤니케이션. 말해 준 적 없는 것을 화내며 요구하기. 모호한 질문을 던지고 디테일한 답변을 원하기. 자기 역할에 대한 고민이 없다는 말을 들으며 '나'는 쓸모를 증명해야 한다는 생각에 빠진다.

"인공 수정을 하지 않고 발정이 온 암퇘지들과 자연스럽게 교배시켜요. 자연적으로 해야 스트레스를 안 받으니까. 그게 다 육질에 영향을 미치거든요."(49쪽) 돼지가 스트레스를 안 받아야 하는 이유는 육질에 영향을 미치기 때문인데, '나'의 해야 할 일은 선배의 말처럼 "동물 복지 같은 키워드를 좀 살려 주시고, 육질 이런 것보다 돼지들이 행복하다는 그런 말을 해 주세요."(49쪽)라는 식의 '포장'을 그럴듯하게 해내는 것이다. 심지어 식사를 포장하러 들른 가게에서는 "동물 복지는 무슨. 염병 말만 그렇게 하는 거여. 스톨케이지 안 쓰는 돼지우리 봤어? 그거 그냥 고깃값 올려 받을라고 쇼 하는 거랑께."(76쪽)라는 말도 듣는다. 게다가 노동자로서의 '나'와 동료들은 대표로부터 시간을 "형태소 단위처럼 끊을 수 없을 때까지 끊어서 사용"(57쪽)하라든가, "어떤 일을 할 예정이었는데 얼마나 했는지. 목표만큼 못 했으면 왜 못 했는지 아주 상세하게"(56-57쪽) 업무일지를 적으라는 요구를 받는다. 감독인 선배는 대체로 분노로 의사소통을 하는 편이라 이쪽도 곤란하긴 마찬가지다. 이 과정을 통해 '나'는 문제를 나의 것으로 받아들이고 내면화하기 시작한다. 이 모든 것은 '성장'의 밑바탕이 될 것이다. 언젠가 이 풍경을 작품에 써먹을 수 있을 것이다. 그렇게 믿어야 한다. "이런 것도 제대로 못 해낸다면, 그토록 하고 싶어 하던 영화를 제대로 할 수 있을 리 없을 테니까."(62쪽) 야식을 먹을 때 새로 온 젊은 여자인 '나'는 돼지아빠의 옆자리에 가 앉으라는 요구를 받기도 한다. 이런 상황은 공교롭게도 '나'의 단편영화에서 이미 예견되었다.

"입관식 전날 밤에 자기 택시에 누워서 쉬고 있을 때 살인마처럼 보이는 남녀가 그 차를 흔드는 거야. 막 들어오려고. 남녀 살인마는 자기가 챙겨야 하는 엄마랑 남동생을 상징하는 거고, 걔한텐 움직이고 싶은 대로 움직여지는 택시가 안식처인 줄 알았는데, 관이나 다름없었다는 거. 뭐 이런 결말."(65쪽)

'택시'를 '영화'로 바꾸면 '나'의 처지가 지금 딱 이렇다. 나아가 이런 '나'의 처지는 비슷한 환경에 처한 또 다른 여성 촬영 스태프인 유리 씨와의 유대를 가로막는다. 영화과를 나왔지만 3학년 때 휴학하고 여기서 1년째 일하는 중이라는 유리 씨는 듬성듬성한 대화를 통해 자신의 녹록치 않은 처지를 이야기한다. 한마디 슬쩍 물으면 유리 씨의 개인사를 들을 수 있을 테지만, '유대'라는 걸 해 볼 수 있을 테지만, 망설임에 그치고 만다.

"누군가의 비밀을 알고 났을 때 느껴지는 건, 가까워진 듯하면서도 완전히 멀어져 버린 거 같은 양가적인 불쾌함뿐이니까. 그런 건 가까움이 아니라 오히려 옥죄는 것과 다름없으니까. 그냥 이 정도의 거리인 사이로

남는 게 편할 테니까. 그러자 안심이 됐다."(68쪽)

여성들의 일 경험을 다룬 연세대학교 문화인류학과 교수 김현미는 『흠결 없는 파편들의 사회』(봄알람, 2023)에서 유대하기 어려운 노동 환경에 대해 이렇게 말한다. "시장이나 경기 상황에 따라 노동력의 해체와 재편을 용이하게 하는 네트워크형 조직은 팀원의 자율성과 팀원들 간의 평등을 추구하고 모험과 도전을 권장한다. (중략) 하지만 이런 네트워크형 업무 환경은 업무 성격이 명확하지 않고 팀원이 수시로 교체될 수 있으며 승진과 해고에 대한 분명한 규정이 없는 경우가 많다. 이 때문에 함께 일하는 동료들과 유대감을 형성하거나 일터에서 지속 가능한 자아를 갖기 어렵게 된다." 자발적으로 끊어 낸 유대의 자리에는 고독한 독립 창작자의 고뇌만이 남는다. 유리 씨의 불안정한 심리 상태는 곧 '나'의 앞에 드러난다. "안 기뻐요. 이 바닥에 있는 여자를 보면, 반갑지만 슬퍼요. 동성 동료를 만나는 건 이제 슬픈 일이에요. 저 사람도 곧 이 길에서 갈리고 사라지겠지 싶거든요."(103쪽) 유리 씨의 질문은 뼈아프다. "살아남은 사람과 사라진 사람 중에 누굴 더 사랑해야 돼요?"(104쪽) 결국 답을 각자도생에서 찾은 유리 씨의 침묵 속에서 '나'는 그저 거리를 두고 싶을 뿐이다. 유대가 불가능이기는 '레전드 선배의 전형'이었던 건지 선배와도 마찬가지다. 밤마다 잘 시간을 아껴 시나리오를 쓴 '나'에게 선배는 말한다. "그런데 난 네가 그렇게 싫더라. 스스로를 매몰시키면서까지 꿈을 좇는 네가." (149쪽) "열심히 일하는 네가 나를 보잘것없는 사람으로 만드는 거 같았어. 내 안의 어떤 내가 훼손되는 거 같았어."(149쪽) 서울로 돌아와서 다시 만난 진수는 입시 학원의 일을 이렇게 말한다. "굴욕감이 급여에 포함되어 있는 거구나. 굴욕감 없이 급여 생활을 하려고 기대했던 내가 미친 거였구나. 우리 원장님이 알려 줬어. 나…… 그렇게 성장하는 거래. 다…… 그런 거래. 너도 한 달 동안 그랬지…… 그치?"(166쪽) 나의 울음이 남에게 짐이 되는 곳, 웃는 연기가 편한 곳.

마침내 서울에 돌아온 '나'의 완성된 시나리오는 영화화가 진행된다. 하지만 감독은 다른 남자 감독이 맡게 된다. 역설적이게도 '나'의 시나리오는 "수단, 동기가 다른 타자들이 같은 목표를 위해 연대할 수 있다는 메시지"(161쪽)를 담고 있다. '나'에 기반하되 내가 아닌 무언가를 만들어 내는 일. 이는 한때 화자가 학교에서 받았던 비평을 떠올리게 한다.

"네 글엔 너 말고는 없구나, 언젠가 이런 소리를 듣고 나서야 다른 이들의 이야기를 할 줄 아는 단계로 넘어갈 수 있었다. 좋은 이야기꾼이 되려면 꼭 거쳐야 하는 작업이었다. 직면하기 힘든 감정과 서사를 꺼내 마주하고 그것을 부수고 다시 조립하는 과정을 거쳐야만 시나리오를 쓸 수 있는 거니까. 창작은 고백으로부터 시작하는 건데"(67쪽)

할 수 있게 된 다른 사람의 이야기란, 어쩌면 내가 했어야 했던 행동에 대한 것일지도 모른다. 돼지아빠가 흘려보내듯 이야기하는 "순진해도 괜찮은 시절이 있지라. 오히려 부러운디요."(126쪽)라는 말이 그 시절의 '나'를 어떻게 (정확하게) 설명하는지 깨닫는 일일지도 모른다. 순진해도 괜찮은 시절. 성장이라는 말을 자기도 모르게 믿어 버리는 마음. 그 모든 것이 지나가고 나서야 오는 '성장'은 신기루일 수밖에 없다. "이 정도였다. 이건 인정해야만 한다."(176쪽)